Les époux de Séville

1

Le cœur battant au rythme frénétique de la musique techno, Santos Aguila parcourut du regard le bar bondé. Dieu sait qu'il n'avait aucune envie de se trouver ici. Pas plus qu'il ne voulait que Mia s'y trouve. Mia… Son épouse… Son imprévisible épouse.

Le détective privé réputé qu'il avait engagé dix jours auparavant lui avait assuré que Mia serait là ce soir, parmi cette foule de fêtards bruyants. La jeunesse dorée se mêlait aux étudiants en vacances et aux mondains venus s'encanailler dans ce bar à la mode situé au dernier étage d'un hôtel d'Ibiza.

Le vacarme, ajouté à la contrariété, lui avait donné mal à la tête. Cela ne lui était plus arrivé depuis une éternité. Il devait absolument retrouver Mia avant que la migraine s'installe. *Pourquoi* tenait-il tellement à la ramener chez eux, alors qu'elle l'avait quitté sans même laisser un mot ? Il préférait ne pas s'attarder sur cette question. Elle était sa femme, sa place était auprès de lui… et c'était tout ce qui comptait.

Ils s'étaient rencontrés dans un bar semblable à celui-ci, fréquenté par la même clientèle branchée, dans l'Algarve, au Portugal, seulement sept mois auparavant. Mia officiait derrière le bar, ses cheveux auburn noués en un chignon lâche sur le sommet de son crâne. La bonne humeur pétillait dans ses yeux bleu-vert tandis qu'elle préparait les cocktails avec une dextérité pleine d'élégance. Tout comme ce soir, Santos – qui ne goûtait guère ce genre de festivités tapageuses – se trouvait là malgré lui pour participer à l'enterrement de vie de garçon de son vieil ami Emiliano. Toutefois, quand son regard s'était posé sur Mia, il avait immédiatement oublié le lieu où il se trouvait.

Quelque chose d'unique l'avait frappé dans la façon dont elle se déplaçait, la grâce facile et légère de ses gestes. Quand elle rejetait légèrement la tête en arrière pour laisser éclater son rire généreux, il avait eu l'impression qu'une brise tiède l'effleurait. L'imperceptible espace entre ses deux dents de devant rehaussait encore son charme. Elle n'était pas une beauté classique comme les femmes avec lesquelles il sortait habituellement – toutes d'élégantes femmes bien nées, comme sa presque-fiancée Isabella –, mais Mia possédait indéniablement quelque chose en plus. Une authenticité, une chaleur... Du moins c'est ce qu'il avait cru à l'époque.

Lorsque leurs regards s'étaient croisés, celui de la jeune femme ne s'était pas attardé. Il avait ressenti cette indifférence comme un défi et comme une invitation. Il avait eu l'intention de simplement aller la saluer – une impulsion qui ne lui ressemblait pas du tout –, mais ils avaient discuté à bâtons rompus jusqu'à la fermeture du bar, à 3 heures du matin, et après... Oh ! comment oublier ce qui s'était passé ensuite ? Ce n'est que plus tard que leur relation s'était dégradée.

Déterminé à ne pas s'attarder sur le passé, Santos se rappela que sa priorité était de retrouver Mia au plus vite, pour la ramener à la maison.

Il se fraya un chemin dans la foule sans cesser de scruter les visages à la recherche de celui de Mia. Sa vue commençait à légèrement se brouiller et la douleur battait de plus en plus fort contre ses tempes. De nouveau, il se demanda ce que Mia pouvait bien faire dans un endroit pareil. Cette question qui le taraudait l'obligeait à s'en poser une autre, plus perturbante.

Connaissait-il vraiment sa femme ?

Quelle que soit la réponse, il n'avait toutefois pas l'intention de mettre un terme à ce mariage. Un Aguila respectait toujours ses engagements, surtout quand ils étaient aussi sacrés que ceux du mariage. Malgré la musique assourdissante, il pouvait presque entendre la voix de son père lui répéter ce que cela signifiait de porter ce nom illustre. Il revoyait aussi son expression ravagée tandis qu'il s'écroulait...

De nouveau, Santos s'arracha à ses réminiscences douloureuses et il quitta le bar pour se rendre sur la terrasse. L'air doux apaisa un instant son mal de tête... Jusqu'à ce qu'il la voie. Aussitôt sa migraine s'intensifia, au point qu'il dut s'appuyer un instant contre le chambranle de la porte pour ne pas vaciller. Quand sa vision s'éclaircit enfin, elle lui apparut, adossée au muret qui entourait la terrasse. Sa longue silhouette se détachait contre le clair de lune et les lumières du port. Elle écarta de son visage les boucles auburn balayées par la brise marine tout en riant aux paroles de l'homme qui se tenait à côté d'elle. Un homme qui la fixait, visiblement subjugué, remarqua Santos, de plus en plus contrarié.

Il fallait dire que la robe longue qu'elle portait la mettait particulièrement en valeur. En satin émeraude, sans manches et échancrée dans le dos, elle épousait les courbes de son corps au point qu'elle aurait tout aussi bien pu être nue.

La contrariété céda la place à la colère. Que faisait sa femme dans un endroit comme celui-ci, vêtue de cette robe, en compagnie de cet homme qui la dévorait du regard ?

Trop occupée à bavarder avec son don Juan en jean de cuir moulant et à la chemise déboutonnée pratiquement jusqu'au nombril, Mia ne remarqua pas la présence de son mari, jusqu'à ce que l'homme jette à Santos un regard inquiet.

— Euh... vous avez besoin de quelque chose ? demanda-t-il en anglais.

— *Si*, répondit sèchement Santos. *Mi esposa*. Ma femme.

Au son de sa voix, Mia se tourna enfin vers lui, tandis que son compagnon se décomposait. Elle avait pâli, ce qui faisait ressortir les taches de rousseur sur son nez. Sous le coup de la surprise, ses grands yeux aux profondeurs marines s'écarquillèrent et sa bouche pulpeuse – qu'il avait passionnément embrassée – s'entrouvrit légèrement.

— Santos…, murmura-t-elle dans un souffle.

— Mia, la salua-t-il d'une voix dure.

Ils s'observèrent en silence pendant quelques secondes. Ce bref laps de temps suffit à Santos pour se remémorer chaque instant de leur mariage. L'émerveillement du début, puis les silences pesants, le gouffre qui se creusait entre eux et qu'ils avaient été incapables de franchir, la profonde déception et la douleur lancinante. Et maintenant, ceci.

— Je crois que je vais vous laisser, murmura le don Juan en s'éclipsant.

Mia, qui fixait toujours Santos, n'eut pas un regard vers son compagnon qui s'éloignait. Quand il fut parti, Santos croisa les bras et attendit qu'elle dise quelque chose. Qu'elle s'excuse, ou qu'elle lui explique pourquoi elle était partie comme une voleuse, au milieu de la nuit, six semaines auparavant en le laissant sans nouvelles.

Pourtant, elle ne prononça pas un mot. Pire, elle détourna le regard, ce qui ne fit qu'alimenter la fureur qu'il contenait de plus en plus difficilement. Malgré son mal de tête qui empirait, il l'attrapa par le bras. Sa peau lui parut douce et fraîche sous sa paume. Il la sentit se crisper, mais elle ne le regardait toujours pas.

— Partons d'ici, dit-il d'un ton glacial.

— Je ne vais nulle part avec toi, murmura-t-elle d'une voix tremblante.

Puis elle retira sèchement son bras, avant de le serrer contre elle, comme s'il lui avait fait mal. Il savait que ce n'était pas le cas. Il l'avait à peine touchée. Comment osait-elle se comporter comme s'il était une brute ? Alors que c'était elle qui était en tort dans cette histoire. Elle qui s'était enfuie sans une explication… et il voulait savoir pourquoi.

— Mia, tu es ma femme. Tu viens avec moi.

— Nous sommes peut-être mariés, mais je ne t'appartiens pas, répliqua-t-elle.

Il prit une profonde inspiration pour garder son calme.

— Nous devons au moins avoir une conversation. En privé. Tu me dois bien ça, non ?

Elle hésita, et il se demanda quelle était cette ombre qui obscurcit un très bref instant ses yeux. Se pouvait-il qu'elle éprouve du regret ? Ou de la culpabilité ?

— S'il te plaît, ajouta-t-il.

— D'accord, concéda-t-elle finalement.

Elle parcourut la terrasse d'un regard furtif. Qui cherchait-elle ? L'homme avec qui elle bavardait quand il était arrivé ? Un sentiment désagréable, qui ne lui était pas familier, l'envahit. La jalousie. Bon sang, ils étaient encore mariés ! Les serments qu'ils avaient échangés ne signifiaient-ils donc rien pour elle ? Cette pensée lui fit mal.

— Où veux-tu que nous allions ? demanda-t-elle.

— Mon yacht est amarré dans le port.

À son expression inquiète, il comprit que cette perspective ne l'enchantait pas. Il ne lui avait pourtant jamais donné de raisons d'avoir peur de lui.

— Je ne vais pas te kidnapper, Mia, si c'est le genre d'absurdités auxquelles tu penses. Mais sur mon yacht, nous serons au calme, et ce n'est pas loin.

Apparemment convaincue, elle acquiesça, avant de se pencher pour ramasser son sac, posé au sol. Il se rendit compte que c'était le même vieux sac à dos que celui qu'elle portait lors de leur rencontre. Il jurait avec sa robe. Elle jeta de nouveau un coup d'œil autour d'elle.

— Qui cherches-tu ? demanda-t-il. Le type qui te draguait ?

— Quoi ? Non, répliqua-t-elle en secouant la tête, ce qui fit voleter ses boucles auburn. Non, le propriétaire du bar. J'étais venue pour un travail.

Un *travail* ? Sa femme cherchait du travail, alors qu'il aurait pu acheter ce bar avec la petite monnaie qu'il avait dans sa poche ! Il décida cependant qu'ils avaient des sujets plus urgents à régler d'abord.

— Tu lui enverras tes excuses. Maintenant, allons-y, dit-il en posant avec assurance une main dans le creux de son dos pour la guider vers la sortie.

L'esprit de Mia était en ébullition, et la sensation de la main de Santos dans son dos ne l'aidait pas à garder les idées claires. Le simple contact de sa paume masculine la brûlait. La même réaction se produisait chaque fois qu'il la touchait et c'était ainsi depuis le soir où ils s'étaient rencontrés, lorsqu'elle lui avait tendu son whisky sour et que leurs doigts s'étaient frôlés. Une vague de chaleur avait remonté le long de son bras, jusqu'à son cœur.

Elle réprima le frisson sensuel qui la parcourut, car elle ne voulait pas que Santos sache à quel point sa présence l'affectait encore. Elle ne s'était pas attendue à le revoir. Elle pensait que sa fierté empêcherait son mari de lui courir après, d'autant qu'il avait fini par se lasser d'elle. Du moins, c'est ce qu'elle avait déduit de son attitude les derniers temps de leur vie commune. L'atmosphère entre eux était tellement tendue qu'elle n'aurait pas pu rester un jour de plus sans avoir l'impression de se renier. S'enfuir lui avait paru être la seule solution.

Et c'est ce qu'elle avait toujours fait.

Ils se frayèrent un chemin dans le bar bondé, et pas un

instant Santos n'ôta sa main de son dos. Même si ce contact lui procurait une sensation plutôt agréable, Mia avait l'impression d'être en état d'arrestation. Que voulait-il réellement ? Elle le découvrirait bien assez tôt.

Quand ils sortirent dans la rue donnant sur le port, le souffle tiède de la brise marine lui fit un instant oublier les questions que l'irruption inattendue de son mari soulevait. Elle n'était jamais allée sur le yacht de Santos. Elle ignorait d'ailleurs qu'il en possédait un, même si cela ne la surprenait pas, car il possédait à peu près tout ce qu'un homme pouvait souhaiter. Excepté le seul bien qu'il ait vraiment voulu : un *enfant*. Un enfant qu'elle ne lui avait pas donné.

À ce souvenir, un sentiment de culpabilité auquel se mêlaient regret et chagrin l'assaillit. Une chose était sûre, cependant, il n'allait pas aborder ce sujet. C'était un sujet tabou.

— Alors, où est ce fameux yacht ? demanda-t-elle.

D'un mouvement de la tête, il désigna l'un des bateaux les plus élégants. Deux bandes gris et or – les couleurs emblématiques des Aguila qui rappelaient l'aigle ornant leur blason – soulignaient la coque profilée.

Elle ne pensait pas une seconde que Santos l'enlèverait contre son gré, mais elle avait peur. De quoi, exactement ? La réponse lui vint immédiatement : de *lui*. Elle redoutait l'homme lui-même et le pouvoir que son puissant charisme exerçait sur elle. Il suffisait que Santos la regarde pour qu'elle se trouble. Des sentiments contradictoires s'entrechoquaient en elle. L'inquiétude et le désir, la déception et l'espoir.

Mais puisqu'elle avait accepté d'avoir cette conversation, il était inutile de tergiverser. Elle se dirigea résolument vers le yacht. Elle ralentit en arrivant au pied de la passerelle, où se tenait Ronaldo, un des gardes du corps de son mari. Alors qu'il s'était toujours montré aimable avec elle, ce soir, il se contenta de la toiser d'un regard glacial.

Tout le monde dans l'entourage de Santos devait la détester maintenant. Ne s'était-elle pas comportée comme la pire des épouses en s'enfuyant ? Et même avant son départ, elle n'avait jamais incarné la compagne idéale pour l'héritier des Aguila, la future matriarche de l'aristocratique famille.

Elle devait reconnaître qu'elle était complètement à contre-emploi dans ce rôle. Elle était la fille illégitime d'une mère célibataire qui ne restait jamais longtemps au même endroit. Mia n'était pas allée à l'université, elle avait tout juste terminé le lycée et elle n'avait jamais occupé un emploi plus de quelques mois d'affilée. Toute sa vie, elle n'avait jamais eu d'attaches. Contrairement aux Aguila.

Elle résista à l'impulsion de répondre par un sourire à l'expression fermée de Ronaldo et monta sur la passerelle. Santos lui emboîta le pas. Quand ils arrivèrent sur le pont principal, il la conduisit dans un salon luxueux meublé de superbes canapés de cuir et de tables basses en verre.

Quand il referma les doubles portes de bois derrière eux, elle déglutit péniblement. Elle ne se sentait pas prête à affronter l'homme qu'elle avait épousé, l'homme dont elle était tombée amoureuse – ou du moins dont elle avait commencé à tomber amoureuse. Depuis son départ, elle en était arrivée à douter de la réalité de ce qui s'était passé entre eux. Pouvait-on vraiment éprouver des sentiments aussi forts, aussi rapidement ? Santos l'avait-il aimée, ou avait-il simplement cru l'aimer, à cause de l'incroyable entente qui existait entre eux sur le plan physique ? Mia n'aurait pas su le dire. Sa seule certitude était que leur vie commune avait fini par les rendre malheureux tous les deux. Elle avait donc décidé que ce n'était pas l'amour qui les liait, mais tout au plus un engouement, voire une obsession. En aucun cas un sentiment durable.

Et pourtant, il était là.

— Tu veux boire quelque chose ? demanda-t-il.

Sans attendre sa réponse, il se dirigea vers le bar en acajou et il se servit un double whisky. Puis il sortit une plaquette de médicaments de la poche de sa veste, mit trois cachets dans sa bouche, avant d'avaler d'un trait le contenu du verre.

— Tu es malade ? demanda-t-elle.

— J'ai mal à la tête.

Mia se demanda s'il était sarcastique, sous-entendant qu'*elle* était à l'origine de son mal de tête. C'était plausible, car il avait dû remuer ciel et terre pour la retrouver. Elle avait pris garde de n'utiliser que de l'argent liquide, afin d'effacer sa trace. Elle comprit cependant qu'il était sérieux quand elle le vit tressaillir de douleur.

Son mécontentement d'avoir été retrouvée se mua aussitôt en inquiétude et elle l'observa plus attentivement. Il était toujours aussi séduisant, et sa beauté ténébreuse – ravivant des souvenirs teintés de nostalgie – l'attirait toujours autant. Il était un modèle de perfection virile, avec ses cheveux noirs, ses yeux brun doré dont la nuance évoquait celle du whisky qu'il venait de boire, sa barbe sombre taillée court et sa stature athlétique que mettait en valeur son costume sur mesure.

Pour masquer le trouble où l'avait plongée sa contemplation, elle adopta un ton insouciant.

— Pourquoi as-tu cherché à me retrouver, Santos ?

— Parce que tu es ma femme.

— Ce qui ne fait pas de moi ta propriété.

Pour être honnête, elle devait reconnaître qu'il ne l'avait jamais traitée comme si elle lui appartenait. La déliquescence de leur relation ne venait pas de là.

— Je ne t'ai jamais considérée comme ma chose, rétorqua-t-il d'une voix égale.

Le calme imperturbable dont il faisait toujours preuve avait fini par l'exaspérer. Jamais il n'élevait la voix, ni ne se mettait en colère. Par moments, elle aurait voulu le voir sortir de ses gonds et exprimer ses émotions. Son impassibilité ne l'empêchait pas, toutefois, de la condamner sans appel d'un simple regard, comme en ce moment.

— Eh bien, pour quelle autre raison es-tu venu me chercher ? Pour m'annoncer que nous avions fait une énorme erreur en nous mariant ?

— Ne dis pas que notre mariage était une erreur, répliqua-t-il avec un calme sous lequel semblait vibrer une menace. Nous avons échangé des vœux, Mia. Pour ma part, en tant qu'Aguila, je les prends au sérieux.

— En tant qu'Aguila..., répéta-t-elle.

Santos était issu d'une des plus anciennes familles aristocratiques d'Espagne. Durant les quelques mois où ils avaient vécu ensemble, elle avait compris que les Aguila étaient des gens de parole, qui respectaient scrupuleusement leurs engagements.

— Et en tant qu'homme, ajouta-t-il.

Elle ignorait ce qu'il voulait dire par là. Elle savait en revanche ce qu'il taisait. Il ne l'aimait pas, il n'éprouvait aucun respect pour elle. S'il avait finalement décidé – par fidélité à sa parole ! – qu'ils resteraient mariés, leur vie deviendrait un enfer. Ce qu'elle était déjà avant qu'elle parte.

Elle devait absolument le convaincre que ce n'était pas une bonne idée, ni pour lui, ni pour elle, car il était hors de question qu'elle revive le cauchemar qu'avaient été les derniers temps de leur mariage.

2

Décidément, cette migraine tombait au pire moment ! Cela ne lui était plus arrivé depuis des années, mais il reconnaissait les symptômes : la douleur lancinante, la vue qui se brouillait. Il priait pour que les cachets qu'il avait avalés fassent rapidement leur effet.

— Pourquoi es-tu venue à Ibiza ? demanda-t-il.

Sa question lui parut dérisoire, mais il n'était pas en état, physiquement ou émotionnellement, de poser les questions qui le hantaient.

Pourquoi m'as-tu quitté ?

Pourquoi as-tu si complètement coupé les ponts ?

Pourquoi n'as-tu pas voulu de notre bébé ?

Mia haussa les épaules, mouvement qui fit miroiter l'étoffe fluide de sa robe, soulignant la courbe de ses seins. Ces seins dont il avait tant de fois goûté la perfection.

— Pourquoi pas ? répondit-elle.

Sa désinvolture lui déplut, mais elle ne le surprit pas. Mia était douée pour esquiver les sujets dont elle ne voulait pas parler. Au début de leur relation, il avait mis cette tactique sur le compte de l'insouciance et ce trait lui avait paru charmant. Mais aujourd'hui, alors qu'elle l'utilisait pour éluder une question qui lui tenait à cœur, il l'appréciait nettement moins.

— Je suis sérieux, Mia.

Dans l'espoir de chasser la douleur qui battait contre ses tempes, il ferma brièvement les yeux.

— Moi aussi. Je te rappelle que je suis mixologue, Santos, alors je suis allée là où les gens boivent des cocktails. De plus, au milieu de tous ces touristes, je ne pensais pas que tu me retrouverais.

— Parce que tu ne voulais pas que je te retrouve ?

— Évidemment.

Un sourire ironique éclaira alors ses yeux bleu-vert et il se souvint avec acuité du plaisir qu'il avait pris à se noyer dans leur profondeur insondable. Lorsqu'il l'avait rencontrée, elle représentait une énigme, et paradoxalement, il l'avait trouvée tellement chaleureuse, ouverte et simple. Tellement différente de lui. Elle l'avait littéralement envoûté. Quand elle avait ri, il s'était senti soudain plus léger. Jusqu'alors, il n'avait pas eu conscience à quel point ses responsabilités et ses souvenirs lui pesaient. Mais cet effet merveilleux s'était estompé quand les nuages s'étaient accumulés au-dessus de leur relation.

— Et cette robe ? demanda-t-il en désignant du menton sa tenue sexy. C'est aussi pour ton travail ?

Il ne pouvait nier qu'elle était superbe dans cette robe et, paradoxalement, cela lui donnait des sueurs froides. Car elle ne la portait pas pour lui.

Le sourire de la jeune femme s'évanouit et son expression s'assombrit.

— Qu'est-ce que tu insinues, Santos ?

— C'est une simple question. Généralement, on ne porte pas une robe de soirée pour préparer des cocktails.

Elle poussa un soupir et fixa le sol avant de lui répondre.

— Je reconnais que j'ai peut-être commis une erreur, marmonna-t-elle, visiblement contrite. J'ai postulé pour être barmaid, mais Ernesto, le patron, envisageait de me faire travailler plutôt comme hôtesse. C'est pourquoi il m'a demandé d'essayer cette robe. Il faudra d'ailleurs que je la lui rende…

Hôtesse ? Pourquoi pas *escort-girl*, tant qu'elle y était ? Il était outré.

— Tu n'es pas sérieuse, Mia ?

Elle releva la tête. Ses yeux brillaient de colère ou de larmes, il n'aurait su le dire.

— Il m'a donné la robe quand je suis arrivée, tout à l'heure et j'ai pensé… À vrai dire, je ne savais qu'en penser, avoua-t-elle, penaude. Je n'avais plus d'argent et j'avais vraiment besoin de ce job. Mais je t'assure que je n'envisageais pas de faire ce que tu penses manifestement.

Pourquoi prétendait-elle être à court d'argent alors qu'elle possédait des cartes de crédit et l'accès à leur compte commun ? Ils n'avaient même pas signé de contrat de mariage, à la consternation de son conseiller juridique. Mais il n'avait eu aucune crainte. De toute façon, la majeure partie de la fortune des Aguila était investie dans le domaine familial et dans des placements, donc hors d'atteinte. À l'époque de leur mariage, il flottait sur un petit nuage, enivré par ce qu'il ressentait avec Mia, persuadé qu'elle était la femme de sa vie. Il n'avait pas pris le temps de réfléchir, ni de se montrer raisonnable. Bref, il n'avait pas été *lui-même* – sérieux, scrupuleux et responsable.

Quand il s'avança vers elle, la cabine se mit à tanguer dangereusement.

— Et que crois-tu que je pense ? demanda-t-il.

— Je n'en sais rien ! Comment saurais-je ce que tu penses, puisque tu ne me le dis jamais ? Tu te contentes de me regarder comme si ton chien venait de mourir.

Les mots flottèrent entre eux pendant un instant, puis retombèrent comme de la cendre.

— Pas mon chien, murmura Santos.

Il vit le visage de Mia se décomposer.

— Non, Santos, chuchota-t-elle. Pas ça, s'il te plaît, non.

Devant son désarroi, il se demanda avec une pointe de lassitude si cette discussion avait un sens. Il se flattait d'être un homme raisonnable, mais toute conversation avec Mia semblait prendre un tour irrationnel. Tant de non-dits existaient entre eux. Tant de sujets qu'ils refusaient l'un comme l'autre d'aborder, sans doute par crainte des réponses qu'ils obtiendraient.

Et pourtant... elle était sa *femme*. Il était sincère quand il affirmait qu'il prenait ses vœux au sérieux. Il n'allait pas renoncer à leur mariage, mais il augurait mal de son avenir s'ils ne parvenaient pas à se faire confiance.

Parfois il aurait voulu pouvoir inverser le cours du temps, revenir au moment de leur rencontre et revivre cet enchantement, quand elle s'était immiscée jusqu'au plus profond de son âme. Mais il aurait aussi voulu revenir en arrière pour prendre la décision de tourner les talons. Il ne se serait jamais assis au comptoir, il ne lui aurait jamais demandé de lui conseiller un cocktail ; il n'aurait jamais contemplé avec ravissement son visage expressif et son nez parsemé de taches de rousseur qui se fronçait quand elle riait.

Mais à quoi bon énumérer tous ces « jamais », puisqu'ils étaient mariés. La cérémonie s'était déroulée sur une plage de Lagos. La mer scintillait en toile de fond tandis qu'ils échangeaient leurs vœux Ils se connaissaient depuis un peu moins de deux semaines.

Avec le recul, il admettait que ce fut pure folie. Mais sur le moment, il n'avait songé qu'à prolonger l'état de grâce où il se trouvait depuis leur rencontre. Avec elle, il s'était senti heureux et libre comme jamais, sans arrière-pensées. Il gardait de cette période trop brève un souvenir émerveillé.

Ce temps béni lui semblait loin maintenant, et il ignorait s'il le revivrait un jour, mais cela ne serait possible que si Mia revenait avec lui.

— Très bien, dit-il. Je n'en parlerai pas. Mais tu rentres avec moi à Séville.

— Pourquoi, Santos ? Quand nous étions ensemble, nous n'avons fait que nous rendre mutuellement malheureux.

— Arrête !

C'était lui maintenant qui la suppliait de ne pas évoquer les sujets douloureux. Bien sûr, il ne niait pas qu'ils avaient été malheureux, mais ils avaient aussi été heureux et il était persuadé qu'ils pourraient retrouver ce bonheur, et surmonter la discorde qui les avait éloignés l'un de l'autre. Il se rendit compte qu'il ne s'agissait pas seulement d'être fidèle à sa parole, comme il le prétendait. Mia et lui avaient partagé quelque chose de spécial, aussi ne voulait-il pas renoncer à leur mariage... même si Mia y semblait résolue.

Pour sa part, il aurait l'impression non seulement de trahir ses vœux, mais de trahir l'homme qu'il était. L'héritier des Aguila. Son père lui avait souvent rappelé que, dans toute l'Espagne, leur nom évoquait depuis des siècles la loyauté et l'intégrité. Aujourd'hui, c'est lui qui incarnait cette longue tradition.

— Mia..., commença-t-il.

À cet instant, la douleur dans son crâne atteignit un paroxysme fulgurant. Le plancher se mit à tanguer et au milieu du brouillard qui obscurcissait son esprit, il réalisa qu'il était en train de s'évanouir.

— Santos ?

L'inquiétude envahit Mia quand elle vit le visage de son mari devenir livide. Puis il chancela. Que se passait-il ? Elle ne l'avait jamais vu dans cet état. Elle eut seulement le temps de se précipiter pour amortir sa chute quand il s'effondra.

Elle l'enlaça pour le soutenir. L'odeur familière de son eau de toilette lui chatouilla les narines et un vague de désir s'insinua en elle. Ce n'était pourtant pas le moment – alors que son mari était inconscient – de se laisser troubler par la chaleur et la puissance qui émanait de son grand corps viril.

— Ronaldo ! appela-t-elle, prise de panique. *Ronaldo* !

Ployant sous le poids de Santos évanoui, elle recula en titubant. Elle allait s'écrouler quand le garde du corps fit irruption dans le salon. Son entrée fracassante arracha un gémissement à Santos.

— *Madre mia* ! s'exclama Ronaldo en se précipitant vers elle pour l'aider à soutenir Santos. Qu'est-il arrivé au *señor* Aguila ?

— Je ne sais pas. Il s'est... effondré.

Elle tremblait d'appréhension. Était-il gravement malade ? Était-ce pour le lui annoncer qu'il était venu la chercher ?

— Ronaldo... *Migrena*, marmonna Santos d'une voix pâteuse, comme s'il avait bu.

Ronaldo acquiesça et, passant un des bras de son employeur sur ses épaules, il le souleva.

— Je vais l'emmener dans sa cabine, dit-il à Mia.

S'il pensait se débarrasser d'elle en lui parlant de ce ton sec, il se trompait.

— Je viens avec vous.

— Ce n'est pas...

— Je suis sa *femme*, lui rappela-t-elle.

Même si elle avait essayé de l'oublier pendant les six dernières semaines.

Pourquoi tenait-elle à l'accompagner ? Mia n'aurait su le dire. Pourquoi renonçait-elle à cette occasion inespérée de fausser compagnie à Santos ? Elle n'était pas sûre que ce soit parce qu'elle savait qu'il la retrouverait de toute façon.

Arrivé dans la cabine, Ronaldo déposa Santos sur le grand lit double.

— J'ai entendu qu'il avait une migraine, dit-elle.

Malgré ses connaissances limitées en espagnol, elle avait compris ce que son mari avait balbutié.

— Cela lui arrive, mais rarement. Et généralement, ce n'est pas aussi grave.

Encore quelque chose qu'elle ignorait à son sujet. Mais ce n'était pas surprenant si on songeait qu'ils s'étaient rencontrés seulement sept mois auparavant.

— Vous pouvez nous laisser, dit-elle. Je m'occuperai de lui.

— Mais... Le *señor* n'aime pas qu'on le voie dans cet état, protesta Ronaldo à voix basse.

À cet instant, Santos poussa un gémissement.

— Mia... murmura-t-il en tendant la main vers elle.

Ce geste la bouleversa et raffermit sa résolution.

— Vous voyez ? Il veut que je reste auprès de lui.

Rien n'était moins sûr, mais – Dieu seul savait pourquoi – elle refusait de l'abandonner dans cet état.

Le garde du corps finit par quitter la cabine à contrecœur. Quand il fut sorti, elle prit une profonde inspiration pour s'insuffler du courage. Elle n'avait jamais été très à l'aise avec la maladie. Elle tenait sans doute cela de sa mère, dont la devise pouvait se résumer à : « Ressaisis-toi, parce que je n'ai pas que ça à faire ».

Combien de fois, lorsque Mia allait encore à l'école, l'avait-elle envoyée en classe malgré une forte fièvre. Quand la secrétaire l'appelait pour qu'elle vienne rechercher Mia, trop malade pour suivre les cours, elle accablait sa fille de reproches pour l'avoir obligée à interrompre ce qu'elle faisait, comme si Mia choisissait délibérément d'être malade.

Grâce à cette mère qui paraissait souvent lui reprocher sa présence, elle avait donc appris à faire semblant d'aller bien, même quand ce n'était pas le cas, et à cacher tout ce qui pouvait être perçu comme une faiblesse. Elle n'avait jamais pu compter sur quiconque – ni père, ni amis, ni voisins bienveillants. Elle avait connu une enfance et une adolescence solitaires, mais l'expérience l'avait rendue indépendante et forte.

Un râle sourd l'arracha à ses souvenirs et elle se tourna vers Santos, allongé sur le lit. Ses cheveux noirs comme la nuit étaient en désordre, sa respiration soulevait sa poitrine de façon irrégulière et ses yeux s'ouvraient et se fermaient sans qu'il paraisse voir. Même dans la souffrance et la maladie, il était incroyablement beau. Elle se souvint que ses yeux avaient brillé comme l'or lorsqu'il l'avait dévisagée avant de se pencher vers elle pour l'embrasser la première fois. Elle se souvint de la sensation de ses lèvres sur les siennes, douces et fermes à la fois, effleurant sa bouche avec une tendresse qui avait éveillé au plus profond d'elle-même l'espoir d'avoir enfin trouvé l'âme sœur, celui qui la comprenait et qui l'aimait pour ce qu'elle était.

Pourquoi ces souvenirs troublants l'assaillaient-ils maintenant, alors que Santos ne l'avait pas touchée depuis des semaines, avant qu'elle parte ? Elle non plus ne l'avait pas touché d'ailleurs. Elle n'avait pas osé.

Afin de voir si elle pouvait lui être d'un quelconque secours, elle s'assit au bord du lit et se pencha vers lui. Quand il tendit la main, elle la prit doucement dans la sienne. Les doigts de Santos se refermèrent sur les siens et elle le laissa faire, se souvenant combien elle avait aimé qu'il lui tienne la main, et combien elle se sentait aimée quand leurs doigts s'entremêlaient.

Aimée. Elle n'avait pas reçu beaucoup d'amour dans sa vie. Elle avait appris à s'en passer. Du moins, l'avait-elle cru, jusqu'à ce qu'elle rencontre Santos. L'attention qu'il lui portait – ce qu'elle avait pris pour son amour – avait révélé le vide béant en elle et l'avait comblé... pour un temps. Puis elle avait tout gâché. La réprobation de Santos l'avait fait se sentir encore plus misérable, justement parce qu'elle avait connu la tendresse et la générosité dont il était capable.

— Mia..., j'ai mal, marmonna-t-il.

Et ses yeux se refermèrent une fois de plus.

Son cœur se serra à l'idée qu'elle avait ignoré que son mari pouvait souffrir de migraines. Il lui avait toujours paru si fort, voire invincible, aussi inébranlable qu'une montagne. Cette force l'avait d'abord rassurée, mais – surtout vers la fin – elle avait également un côté un peu frustrant. Comment pouvait-elle aimer une montagne ? Comment une montagne pouvait-elle l'aimer ?

— Je vais te chercher un linge froid, dit-elle en retirant sa main.

Puis elle se rendit dans la somptueuse salle de bains attenante afin de mouiller un gant de toilette. Quand elle revint auprès de lui et qu'elle le posa délicatement sur son front, il laissa échapper un soupir de satisfaction.

— Merci, murmura-t-il.

Elle ne put se retenir de sourire. Même malade, il se conduisait toujours en parfait gentleman. Il avait été tellement adorable avec elle au début. Il ne se contentait pas de lui tenir la porte ou de se lever quand elle rentrait dans une pièce, même si tous ces gestes chevaleresques lui avaient donné l'impression d'être une princesse chérie. Mais ce qui l'avait particulièrement touchée était la façon dont il l'écoutait quand elle parlait, dont il se souciait de son confort et de son bonheur. C'était le regard émerveillé qu'il avait posé sur elle lorsque, deux semaines seulement après leur mariage, elle lui avait annoncé qu'elle était enceinte...

Non. Elle n'allait pas s'engager sur ce chemin douloureux.

Pour échapper un instant aux souvenirs doux-amers que la présence de cet homme éveillait en elle, elle voulut s'éloigner un peu. Mais quand elle fit mine de se lever, les doigts de Santos se resserrèrent autour de son poignet.

— Ne pars pas, murmura-t-il, les yeux toujours fermés. Mia..., s'il te plaît.

Malgré l'émotion qui lui serra le cœur, elle ne put s'empêcher de se demander si Santos le lui aurait demandé s'il n'avait pas été aussi mal en point. Il avait beau affirmer qu'il voulait qu'elle revienne, elle ne le croyait pas. Ou du moins, elle croyait que c'était pour de mauvaises raisons. N'était-ce pas par orgueil, ou pour préserver sa réputation ? Où était l'amour dans tout ça ? Elle avait d'abord voulu croire qu'il l'aimait quand ils s'étaient mariés, mais elle avait fini par se rendre compte que c'était impossible. L'amour avait besoin de temps pour grandir et se consolider. Ce qu'ils avaient ressenti y ressemblait, mais ce n'était pas l'amour.

Toutefois, elle fut incapable de résister à cet appel déchirant. Quand il l'attira dans le lit, elle vint s'allonger à côté de lui. Elle posa la tête sur son épaule et elle respira son odeur. Le souvenir des nuits où elle était allongée ainsi lui revint en mémoire. Elle se sentait ridiculement, incroyablement heureuse, alors. Aujourd'hui, elle se sentait seulement triste.

La respiration de Santos se fit plus régulière et elle sentit sa main relâcher son étreinte. Elle aurait pu se lever et s'éloigner à ce moment-là, mais elle ne put pas s'y résoudre.

Elle aurait voulu se persuader qu'elle préférait ne pas risquer de le réveiller, mais c'était un mensonge. Elle devait admettre qu'elle aimait tout simplement être allongée près de lui, la tête sur son épaule, écouter le bruit régulier des battements de son cœur contre sa joue, savourer la chaleur qui émanait de son torse solide et qui lui procurait un agréable sentiment de sécurité.

Santos n'était peut-être pas conscient de sa présence, mais elle l'était de la sienne. Et elle savourait le réconfort que cette présence procurait à son cœur meurtri. Un réconfort dont elle avait besoin, plus que Santos ne le saurait – ou ne le croirait – jamais.

3

Tandis que, ébloui par la lumière d'un soleil éclatant, Santos émergeait d'un profond sommeil, des bribes de souvenirs lui revinrent en mémoire.

Mia en robe de soirée verte, le bellâtre avec qui elle bavardait, la froideur avec laquelle elle l'avait accueilli… Puis, sur le yacht, la tristesse qu'il avait lue sur son visage, les non-dits, le sentiment terrible de se trouver dans une impasse. Et enfin, la douleur qui l'avait foudroyé.

Comment était-il arrivé dans sa cabine ? Mystère. Toujours est-il qu'il était pratiquement nu, vêtu de son seul boxer et que le balancement du bateau le berçait. Ils n'étaient donc plus amarrés à Puerto de Ibiza ? Pourquoi ? Et depuis combien de temps dormait-il ?

Il se redressa péniblement. Sa tête lui faisait encore mal, mais ce n'était rien comparé à la douleur aveuglante de la nuit dernière. Sa bouche était sèche et quand il jeta un coup d'œil à la table de chevet, il vit une carafe d'eau et un verre déjà rempli, orné d'un post-it où il reconnut l'écriture de Mia.

Bois de l'eau ! Tu es probablement déshydraté.

Les instructions le firent sourire, mais aussitôt il éprouva un sentiment de perte. Au début de leur bref mariage, elle lui laissait des post-it partout. Ses notes n'avaient rien de mièvre, ce n'étaient pas des mots doux. Il s'agissait de rappels purement pratiques, comme celui-ci. Mais il se sentait aimé, et il était heureux de les trouver, rédigés en lettres arrondies – même son écriture lui semblait libre et insouciante, à son image. Elle avait cessé de communiquer par notes quelques semaines avant son départ. Juste après...

Ils n'avaient pas abordé ce sujet douloureux, hier soir. Pas plus qu'ils ne l'avaient abordé auparavant. Pourtant, il était probablement la source de tous leurs problèmes.

À moins qu'il se trompe ? Peut-être étaient-ils tout simplement incompatibles ? Et si Mia n'était pas la femme qu'il avait cru découvrir, dans ce bar ? Ou que lui-même ne correspondait pas à l'homme qu'elle pensait avoir rencontré ? Quoi qu'il en soit, les malentendus avaient commencé à s'accumuler peu après qu'ils avaient échangé leurs vœux. Mais ils les avaient prononcés, et pour sa part, il y avait cru. Aimer et chérir, pour le meilleur et pour le pire... Il ne pouvait – pas plus qu'il ne voulait – revenir en arrière. Mais qu'en était-il de Mia ?

Il rechignait à remuer les souvenirs pénibles, mais le seul moyen pour que leur couple ait un avenir n'était-il pas d'affronter le passé ?

Le bruit de la porte qui s'entrouvrit l'arracha à ses réflexions. Il leva la tête et vit les yeux bleu-vert de Mia dans l'entrebâillement.

— Bonjour, dit-il d'une voix qui ressemblait à un croassement.

— Salut ! répondit-elle en entrant.

Après avoir refermé la porte, elle s'appuya contre le battant. Vêtue d'un T-shirt délavé et d'un short découpé dans un jean, elle ressemblait à la jeune femme qu'il avait connue au Portugal : joyeuse et libre. Il se rendit compte que ce n'était pas l'image qu'il avait eue d'elle durant la majeure partie de leur mariage, et cette prise de conscience lui causa une sensation désagréable.

— Comment te sens-tu ? demanda-t-elle.

— Mieux qu'avant, en tout cas. Je suis désolé de t'avoir infligé un tel spectacle.

Il préférait ne pas penser à la façon dont il s'était écroulé sous ses yeux. Il méprisait ce genre de manifestations de faiblesse et il avait toujours caché avec soin ses rares – mais terribles – migraines. Ce n'était certainement pas de cette façon qu'il voulait tenter une réconciliation, si tant est que ce soit possible.

Mia s'avança vers le lit, où elle s'assit sur le bord. Elle avait noué ses cheveux en une tresse qui retombait sur son épaule. Il ne put s'empêcher de laisser son regard effleurer ses longues jambes dorées, parsemées de légères taches de rousseur. Quand elle posa une main sur le couvre-lit, il remarqua avec un pincement au cœur qu'elle portait toujours son alliance. Il voulut y voir un signe encourageant.

— J'ignorais que tu étais sujet aux migraines, dit-elle.

— Je ne le crie pas sur les toits, avoua-t-il en faisant une grimace. Ça n'arrive pas si souvent, peut-être une fois par an, au maximum. Je n'en avais pas eu depuis un bon moment.

— Quand même...

Elle laissa sa phrase en suspens et fixa sa main... ou son alliance ? Il se demanda ce qu'elle pensait ou ressentait. Puis il perçut de nouveau le ronronnement du moteur du yacht.

— Pourquoi avons-nous pris la mer ?

Elle leva de nouveau ses magnifiques yeux turquoise vers lui.

— Tu n'avais réservé l'amarrage à Ibiza que pour vingt-quatre heures.

— Mais vingt-quatre heures ne sont pas écoulées, dit-il avec étonnement. Je suis arrivé seulement hier soir.

— Non, Santos. Tu as dormi pendant près de trente-six heures.

Il voulut se redresser, mais sa tête le lança et il se laissa retomber sur l'oreiller.

— Quoi ? Mais comment est-ce possible ? demanda-t-il, stupéfait.

— Tu as dormi comme un loir, répondit-elle en souriant. Un cyclone n'aurait pas pu te réveiller.

Il reconnut que les analgésiques qu'il avait pris étaient puissants, et il les avait mélangés à l'alcool. De plus, la recherche de Mia et l'inquiétude que sa disparition lui causait lui avaient coûté beaucoup d'énergie, mais *trente-six heures*..., c'était inouï.

À ce stade de ses réflexions, il réalisa soudain ce que la présence de Mia à son chevet signifiait.

— Tu es restée... Je veux dire... Tu aurais pu partir.

Elle acquiesça, mais le sourire ironique qui flottait sur ses lèvres tremblota tandis qu'elle soutenait son regard.

— Pourquoi n'es-tu pas partie ? voulut-il savoir.

— Eh bien, je dois dire que c'est plutôt confortable ici, et je n'avais jamais navigué sur un yacht. Tu sais que je suis toujours partante pour de nouvelles aventures.

La mélancolie qui traversa fugitivement son regard le bouleversa, mais il n'allait pas la laisser s'en tirer par une pirouette.

— Je suis sérieux, Mia.

— Je ne sais pas pourquoi, avoua-t-elle après quelques secondes d'hésitation. Je suppose que je n'ai pas osé te quitter alors que tu dormais.

— Cela ne t'a pas gênée la dernière fois, fit-il remarquer, incapable de masquer l'amertume que lui causait ce souvenir.

Il s'était réveillé et avait ressenti le vide de leur chambre, de toute la maison, comme un vent froid qui s'immisçait en lui.

— Peut-être que je ne voulais pas te refaire le coup.

Disait-elle la vérité ? Il n'en savait rien et il préféra se focaliser sur un détail concret.

— Et tes affaires, à Ibiza ? Faut-il retourner les chercher ?

Cette fois, elle le gratifia d'un regard amusé.

— Nous sommes à environ douze heures d'Ibiza, ça risque d'être compliqué. Mais, de toute façon, j'avais tout sur moi.

— Juste ce sac à dos ?

Au fond, il n'était pas surpris. Elle avait quitté Séville en laissant des armoires pleines de vêtements de créateurs, sans emporter les écrins de velours contenant les bijoux qu'il lui avait offerts.

Elle haussa les épaules avec désinvolture.

— Tu sais que je voyage toujours léger.

Santos la dévisagea fixement, essayant de comprendre le sens de ses paroles et ce que lui-même ressentait en cet instant. Pour la première fois depuis que sa femme l'avait quitté au milieu de la nuit sans une explication, il ne se demandait pas pourquoi elle était partie – ce qui l'avait consterné, exaspéré et blessé –, mais pourquoi elle s'était sentie obligée de partir, et en emportant uniquement son vieux sac à dos.

Il devait lui poser la question... Même s'il n'était pas sûr de vouloir entendre la réponse.

Pourquoi était-elle restée ? Mia s'était posé la question plusieurs fois au cours des trente-six heures durant lesquelles Santos avait dormi. Elle n'avait pas encore trouvé de réponse satisfaisante. Elle l'avait quitté une fois, pourquoi ne pas recommencer ? C'était son mode de fonctionnement, celui que sa mère lui avait enseigné.

« On sait toujours quand le moment est venu de passer à autre chose », avait coutume de répéter celle-ci.

Mia ne comptait plus le nombre de fois où elle était revenue chez elles et où elle avait trouvé sa mère en train de jeter pêle-mêle leurs affaires dans un grand sac. En général, elle voulait éviter un homme – un propriétaire, ou un amant, ou les deux. Mia avait appris à anticiper ces déménagements pour ne pas en souffrir.

Cette fois, cependant, ses certitudes avaient vacillé. L'insistance de Santos à lui rappeler qu'elle était sa femme, l'importance qu'il disait accorder aux vœux qu'il avait prononcés, ainsi que le fait qu'à moitié inconscient il l'ait réclamée, tous ces éléments l'avaient poussée à rester, alors que son instinct l'incitait à fuir.

De plus, elle avait pensé qu'ils avaient peut-être besoin de faire le point, sans nécessairement se réconcilier. En effet, elle considérait toujours, au fond d'elle-même, que leur mariage avait été une erreur. À l'époque, elle avait désespérément voulu y croire. Elle s'était laissé emporter par les sentiments qu'il éveillait en elle. Elle avait aimé la façon dont il la regardait, comme s'il ne pouvait pas croire qu'elle était réelle. Et la façon dont il la touchait...

Toutefois, ces premiers temps enivrants n'étaient plus qu'un souvenir et depuis, ils avaient tous deux dit, fait et *ressenti* des choses tellement terribles, tellement blessantes, qu'un retour en arrière paraissait impossible.

Comprenant sans doute qu'il ne tirerait pas une réponse plus précise d'elle, Santos poussa un soupir résigné et changea de sujet.

— Je crois que j'ai besoin d'une douche, dit-il.

— Effectivement, approuva-t-elle en riant.

Leurs regards se croisèrent de nouveau et elle n'eut aucun doute sur la flamme qui dansait dans les prunelles de son mari. Se remémorait-il, lui aussi, les nombreuses fois où ils avaient pris leur douche ensemble, au début de leur brève histoire d'amour ? Ils se savonnaient mutuellement, riant et s'embrassant jusqu'à ce que la passion les submerge.

Mais ce n'était pas le moment de réveiller ces souvenirs érotiques.

— Je vais te laisser, dit-elle en se levant du lit.

— OK. Nous discuterons plus tard.

À son ton, il ne faisait aucun doute que, par « discuter », il entendait une conversation sérieuse. Comment y parviendraient-ils, alors qu'ils en avaient été incapables au cours des dernières semaines de leur vie commune ? songea-t-elle, dubitative. Comment réussiraient-ils soudain à aborder les sujets délicats qu'ils avaient jusque-là soigneusement évités ?

L'esprit agité par toutes ces questions, elle se dirigea lentement vers le pont arrière, d'où elle pouvait contempler les eaux limpides de la Méditerranée, spectacle dont elle ne se lassait pas depuis qu'ils avaient quitté Ibiza pour rejoindre la côte andalouse, première étape vers la propriété des Aguila, dans les environs de Séville.

Elle imaginait les hauts murs ocre entourant l'hacienda, les orangeraies et les oliveraies à perte de vue et elle frissonna. Il était hors de question qu'elle y retourne. Trop de souvenirs pénibles étaient attachés à cet endroit.

Elle revoyait la mère de Santos, une femme élégante et distante, qui était restée hautaine même dans ses tentatives pour se montrer amicale. Mia ne pouvait pas lui en vouloir, car elle comprenait qu'elle soit déçue par le choix de son fils d'une épouse sortie de nulle part, sans pedigree, sans éducation, ni élégance.

Elle n'était cependant pas obligée d'y retourner, se dit-elle en s'appuyant sur le bastingage. Même si elle était mariée, elle restait maîtresse de son destin et elle comptait bien le faire entendre à Santos. Elle n'attendait rien de cette conversation qu'il tenait à avoir et elle devait arriver à le convaincre de la laisser partir.

— *Señora* Aguila ? Puis-je servir le déjeuner ?

La question de Gabriela, l'une des hôtesses, la fit se retourner. Elle sourit à la jeune femme au visage avenant.

— Oui, s'il vous plaît. Le *señor* Aguila s'est réveillé. Je suis sûre qu'il est affamé, après avoir dormi aussi longtemps. Quelques fruits et des tapas lui suffiront, pour commencer.

— Bien sûr, *señora*.

Mia n'arrivait toujours pas à s'habituer à la déférence que le personnel de Santos lui manifestait. Depuis l'âge de seize ans, elle avait gagné sa vie comme serveuse ou femme de ménage dans des endroits pas toujours recommandables. L'idée que quelqu'un la serve lui avait toujours paru saugrenue. C'est sans doute pourquoi, au cours des trois mois qu'elle avait passés avec Santos dans la propriété familiale, elle s'était toujours sentie comme une intruse.

Personne, pas même Santos, ne lui avait fait sentir qu'elle faisait partie de la famille. Son mari était trop occupé à rattraper le temps perdu pendant son absence au Portugal. Sa belle-mère n'avait aucun atome crochu avec elle et peut-être avait-elle espéré que Mia ne durerait pas. Le personnel s'était montré scrupuleusement poli, mais pas chaleureux.

Dans un sursaut d'amour-propre, Mia se redressa. Elle allait convaincre Santos qu'il valait mieux qu'ils divorcent. Il pourrait ensuite épouser une femme qui conviendrait à tout le monde. Quant à elle, elle passerait à autre chose, comme d'habitude. Mais Dieu seul savait pourquoi, cette perspective la démoralisait.

— Ah, te voilà.

Au son de sa voix grave, elle se retourna et découvrit Santos dans l'embrasure de la porte du salon donnant sur le pont arrière. Il portait une chemise en lin crème et un pantalon ample de couleur sombre. Avec ses cheveux noirs encore humides après la douche, il était sublime. Elle dut réprimer l'impulsion qui la poussait à se jeter dans ses bras puissants. Elle se contenta de lui sourire.

— Gabriela allait servir une collation dans la salle à manger, dit-elle d'un ton enjoué pour masquer son trouble.

Elle n'avait pas prévu que sa présence virile la déstabiliserait et qu'elle n'aurait qu'une envie : se blottir contre lui.

Elle se souvenait encore à quel point elle s'était sentie en sécurité dans ses bras, la première nuit qu'ils avaient passée ensemble. Elle avait posé la tête sur son épaule alors qu'il était endormi. Il n'avait même pas su qu'elle avait dormi avec lui, car elle s'était éclipsée au petit matin.

Santos était arrivé près d'elle. À sa grande surprise, il souleva sa tresse et la fit délicatement glisser dans son dos. Sa main effleura au passage sa clavicule, puis remonta le long de sa colonne vertébrale, déclenchant un frisson sensuel dans tout son corps.

— Merci, Mia.

— Merci ? Pour... Pourquoi ? bredouilla-t-elle.

Son regard brûlant plongea dans le sien, prolongeant la délicieuse sensation que lui avait procurée sa caresse.

— D'être restée. D'avoir accepté que nous discutions.

Sa détermination à plaider le divorce commençait à vaciller. Dire qu'il avait suffi pour cela qu'il effleure son dos d'une légère caresse ! Caresse qui la faisait encore frémir, alors qu'il avait ôté sa main. Les effluves de son eau de toilette lui faisaient tourner la tête et elle se retenait d'enfouir son visage dans le creux de son cou pour respirer son odeur. Autrefois, elle avait eu ce droit, mais plus maintenant. Il était hors de question qu'elle craque.

— Nous avons effectivement des affaires à régler, Santos, déclara-t-elle d'une voix qu'elle réussit à maintenir ferme. Une fois que nous l'aurons fait, nous pourrons aller de l'avant.

La conversation prenait visiblement une tournure qu'il n'appréciait pas, car il fronça les sourcils.

— C'est pour cela que tu es restée, pour me convaincre de passer à autre chose ?

— Pour que nous allions tous les deux de l'avant, corrigea-t-elle. Je pense que tu te rendras compte, si ce n'est déjà fait, que nous avons besoin de tourner la page.

— Alors, tu considères vraiment que notre mariage était une erreur ? demanda-t-il.

— Oublie ce que tu as dit à propos des vœux et sois honnête. Tu penses la même chose, non ?

Comment aurait-il pu en être autrement ? Ils se connaissaient depuis à peine deux semaines – folles et passionnées –, avant de se marier. Certes, ils avaient passé à peu près chaque seconde de ces deux semaines ensemble, mais ce n'était encore qu'un flirt, une toquade.

La meilleure chose qui me soit arrivée, songea-t-elle.

— *Señor* ? *Señora* ? Le déjeuner est servi, annonça Gabriela qui était apparue dans l'embrasure de la porte.

Après avoir remercié l'hôtesse, Santos se tourna vers Mia, les sourcils toujours froncés.

— Je vais répondre à ta question, déclara-t-il. Et nous allons avoir une véritable discussion. Nous parlerons… de tout.

Un frisson d'appréhension la parcourut. Il voulait vraiment parler de *tout* ? Elle n'était pas prête pour cela, et elle ne pensait pas que Santos le soit, mais elle le suivit néanmoins à l'intérieur du yacht.

4

Gabriela s'était surpassée, songea Mia en entrant dans la magnifique salle à manger, avec son vaisselier encastré abritant un service de porcelaine aux armes des Aguila. Sur la longue table en merisier, elle avait disposé un assortiment de tapas typiques de Séville – jambon ibérique, olives Manzanilla, tapenade d'épinards et de pois chiches et du porc à la sauce au whisky. À côté des mets salés, une coupe débordait de fruits magnifiques. À l'une des extrémités, le couvert – verres en cristal et serviettes en lin – avait été dressé pour deux.

Malgré le cadre chaleureux et l'attitude chevaleresque de Santos, qui tira une des chaises pour l'inviter à s'asseoir, Mia ne pouvait s'empêcher d'appréhender cette fameuse discussion à laquelle il semblait tellement tenir. Comptait-il réellement aborder tous les sujets, alors qu'ils ne l'avaient jamais fait jusqu'à présent ?

Quand il s'assit à son tour, leurs genoux se frôlèrent. Ce qui fit s'accélérer les battements de son cœur et éveilla le souvenir de leurs étreintes passionnées. Son compagnon ne semblait pas aussi troublé par ce contact et c'est d'un geste parfaitement détendu qu'il attira vers lui le plat de porc au whisky.

— Veux-tu que je te serve ? demanda-t-il.

Dans l'état de nervosité où elle était, Mia n'était pas sûre de parvenir à avaler une bouchée, mais il aurait été déraisonnable de ne pas manger alors qu'elle avait faim.

— Juste un peu, s'il te plaît.

Quand il les eut servis, il prit la bouteille de rioja blanc qui refroidissait dans un seau de glace à côté de la table et remplit leurs verres. Après avoir bu une gorgée, il reposa son verre et s'adossa à sa chaise.

— À propos de ta question, c'est-à-dire si je pense que notre mariage était une erreur…, commença-t-il.

Il marqua une pause et Mia réalisa qu'elle ne voulait pas qu'il le pense, même si *elle* le pensait ! Décidément, elle était complètement irrationnelle !

— La réponse est double, reprit-il de sa voix suave comme du miel chaud. Premièrement, je ne le pense pas, mais deuxièmement, ce que je pense n'a aucune importance, car cela ne change rien au fait que nous sommes toujours mariés, et que nous devons honorer nos vœux.

Devant tant d'obstination, Mia décida d'ignorer le deuxième point pour l'instant et c'est d'une voix aussi posée que possible qu'elle demanda :

— Pourquoi penses-tu que ce n'était pas une erreur ?

Santos la dévisagea un long moment et elle eut l'impression qu'il sondait les profondeurs de son âme. Refusant de se laisser déstabiliser, elle attendit sa réponse sans se départir de son sourire.

— Et toi ? Pourquoi considères-tu que c'était une erreur ? dit-il enfin.

Elle laissa échapper un petit rire désenchanté. Voilà que Santos lui empruntait l'une de ses techniques de défense ! En effet, elle était passée maîtresse dans l'art d'esquiver afin de ne jamais dévoiler ses pensées, ce qui lui tenait à cœur, qui elle était. Encore un héritage de sa mère.

Toutefois, puisqu'elle avait accepté le principe de cette

conversation, autant dire la vérité. Ou du moins, une partie de la vérité.

— Je dirais que c'est parce que nous sommes tellement différents, répondit-elle en jouant avec le pied de son verre à vin. Et nous n'attendons pas les mêmes choses de la vie.

Santos lui décocha l'un de ses sourires éclatants qui faisait ressortir la blancheur de ses dents sur son visage hâlé. Après la colère maîtrisée qu'il affichait quand il l'avait retrouvée, il semblait parfaitement détendu à présent. Qu'est-ce qui avait changé ?

— Je suis tout à fait d'accord avec le premier point, répondit-il. Quant au deuxième... Qu'attends-tu de la vie, Mia ? Sincèrement ?

Désarçonnée, car elle ne s'était pas attendue à cette question, elle but une gorgée vin pour se donner le temps de mettre de l'ordre dans ses idées. Qu'attendait-elle de la vie ? La sécurité fut le premier mot qui lui vint à l'esprit, mais elle l'écarta, car Santos lui rétorquerait qu'avec sa fortune, il pouvait lui offrir cette sécurité plus que quiconque.

Mais ce n'était pas ce genre de sécurité qu'elle recherchait. La sécurité physique ou matérielle et la sécurité émotionnelle étaient deux choses très différentes. Durant son enfance tumultueuse, elle avait été privée des deux. Elle se cachait sous ses couvertures, tandis que sa mère et ses amis ivres se disputaient dans la pièce voisine. Elle savait qu'elles allaient devoir fuir une énième communauté, une ferme ou un appartement miteux, parce qu'une fois de plus, tout avait mal tourné...

Auprès de Santos, en revanche, elle s'était tout de suite sentie en sécurité, que ce soit sur le plan physique ou émotionnel. C'est sans doute pourquoi elle avait accepté sa demande en mariage aussi inattendue qu'imprudente. Alors qu'elle était foncièrement méfiante, elle lui avait fait confiance dès le début. Et pourtant, leur histoire avait mal tourné. Santos semblait persuadé qu'il existait un moyen d'arranger les choses, mais elle-même était trop désabusée pour partager son optimisme.

— La liberté, répondit-elle finalement.

En effet, l'expérience lui avait appris que la sécurité émotionnelle était à ce prix. Ne jamais laisser quelqu'un s'approcher suffisamment de vous pour vous faire souffrir. Suivre sa propre voie par choix, et non parce qu'on vous avait rejeté.

— Quel type de liberté, exactement ? voulut-il savoir.

— Simplement... être libre. Libre de mes choix, libre de faire ce que je veux.

Elle se rendit compte que ses paroles la faisaient paraître égoïste, mais elle n'avait pas l'habitude – ni l'envie – de dévoiler le fond de sa pensée. Elle ne voulait pas lui avouer qu'elle redoutait par-dessus tout d'être blessée. C'était une peur inexplicable, presque viscérale.

Elle voulait d'autant moins s'épancher que cette conversation lui paraissait vouée à l'échec. Laissant échapper un soupir, elle prit une olive dans son assiette.

— Quoi qu'il en soit, reprit-elle en savourant sa saveur salée et acidulée, c'est le premier point qui est le plus pertinent, Santos. Nous sommes tout simplement trop différents.

— Ne dit-on pas que les opposés s'attirent ? fit-il remarquer avec un petit sourire ironique.

Elle ne pouvait nier que leur attirance avait eu quelque chose de prodigieux. Dès le premier soir, quand ils avaient quitté le bar ensemble, ils ne s'étaient pas posé de questions. Ils s'étaient rendus directement au palace où était descendu Santos. Quand il l'avait embrassée pour la première fois, un feu d'artifice de sensations avait explosé dans sa tête et dans son cœur.

Elle n'était pas du genre à flirter ou à rechercher des aventures sans lendemain, pourtant elle n'avait pas hésité à suivre Santos et elle s'était immédiatement sentie merveilleusement bien avec lui. Les doutes n'étaient venus que plus tard.

— C'est vrai, reconnut-elle. Mais la question est de savoir si les opposés peuvent rester ensemble.

— Cela demande plus d'efforts, effectivement. Notamment pour essayer de comprendre le point de vue de l'autre.

Un effort que ni lui ni elle n'avaient vraiment fourni. Avaient-ils naïvement cru que cette incroyable attirance qui les avait poussés dans les bras l'un de l'autre se jouerait de tous les obstacles ? À tort, visiblement, puisque le premier obstacle – certes de taille – avait fait dérailler leur merveilleuse histoire d'amour sans qu'ils parviennent à s'en remettre.

— Je suppose que tout mariage exige un effort.

Dans son esprit, cette remarque était une observation d'ordre général, mais Santos décida apparemment de l'appliquer à leur situation matrimoniale.

— Alors mettons-nous au travail, Mia, dit-il en se penchant vers elle, son regard doré vibrant d'intensité.

Elle eut l'impression de tomber dans un piège qu'elle avait elle-même tendu. En même temps, la proposition de Santos la surprenait. Il n'avait jamais tenté ce « travail » auparavant. Pourquoi maintenant ? Le jeu en valait-il la chandelle ? Une chose était sûre : elle ne supporterait pas que Santos la regarde de nouveau comme il l'avait fait à l'hôpital, lorsqu'elle avait perdu leur bébé. Comme si elle avait commis un crime. Ce souvenir poignant renforça sa résolution.

— À quoi bon, Santos ? Nous savons que ça ne fonctionne pas entre nous.

— Pourtant ça fonctionnait très bien, au début.

La voix de Santos avait pris une tonalité plus grave et son regard s'était assombri tandis qu'il plongeait son regard dans le sien. Il n'en fallut pas davantage pour qu'elle se retrouve immergée dans les premiers temps de leur relation. Le sang coulait plus vite dans ses veines tandis qu'elle revivait le plaisir enivrant de la découverte du corps magnifique de son amant.

L'extase qui la faisait gémir dans ses bras masculins. La joie de ne faire qu'un avec lui, physiquement et émotionnellement. Jamais auparavant elle n'avait connu pareil sentiment de fusion et de plénitude. Mais cette période enchantée n'avait pas duré.

— Oui, au début, admit-elle. C'est souvent le cas. C'est ce qu'on appelle une toquade.

Consciente qu'elle était en train de réduire leur relation à une passade superficielle, elle soutint son regard, car elle devait en passer par là pour qu'il la laisse partir.

— Ce n'était qu'une aventure, conclut-elle en attrapant une autre olive.

Une simple *aventure* ?

Une rage sourde – qui domina la souffrance sous-jacente – envahit Santos. Comment osait-elle comparer la relation la plus importante qu'il ait connue à une amourette de collégien ? Certes, leur liaison avait immédiatement pris une tournure intense et passionnée qui l'avait bouleversé, mais jamais il n'avait eu l'impression de vivre une *aventure*.

Pour commencer, contrairement à beaucoup d'hommes possédant sa fortune et son pouvoir, il n'était pas adepte des liaisons brèves et sans lendemain. Son caractère le portait plutôt vers les relations sérieuses, avec des partenaires qui ne l'attiraient pas uniquement sur le plan sexuel.

Il reconnaissait que Mia ne ressemblait à aucune de ses conquêtes passées, mais même si leur relation avait été très passionnée dès le départ, une entente et une complicité presque miraculeuse existaient entre eux. Et plus tard, malgré les raisons qu'il aurait pu avoir d'en douter, il était resté persuadé que Mia était foncièrement une bonne personne. Même quand elle était partie. Même lorsqu'il l'avait retrouvée dans ce bar, en train de rire avec un inconnu.

Pour tenter de calmer l'émotion qui menaçait de le submerger, il but une gorgée de vin. Puis il se rappela qu'il était un Aguila et qu'un Aguila restait toujours maître de son esprit et de son cœur.

— Dans ce cas, pourquoi m'as-tu épousé ? Par curiosité ? demanda-t-il.

Sa question la décontenança visiblement et elle prit le temps de mûrir sa réponse.

— Je suppose que je me suis laissé entraîner par les événements. Tout était si excitant, si nouveau... Et avec toi, je me sentais... J'y ai cru. J'ai cru en *nous*, pendant un petit moment.

— Tu ne pensais donc pas qu'il s'agissait d'une simple toquade, au début.

— En tout cas, ce n'était pas de l'amour, déclara-t-elle en fronçant les sourcils.

L'assurance avec laquelle elle posa ce constat lui fit mal. D'autant que la voix de la raison lui soufflait qu'on ne tombait pas amoureux de quelqu'un qu'on connaissait depuis seulement deux semaines. Il avait pourtant eu l'impression que c'était ce qui lui était arrivé. Peut-être pas l'*amour*... mais le bonheur, l'excitation, l'émerveillement... Oui.

— Pourquoi n'était-ce pas l'amour ? ne put-il s'empêcher de la défier.

De nouveau, il vit que sa question directe – c'était tellement inhabituel de sa part – la prit au dépourvu.

— Le véritable amour est un sentiment qui s'enracine et qui grandit progressivement, Santos. Ce n'est pas une étincelle qui s'embrase. Je suis sûre que tu penses comme moi. Nous ne nous connaissions pas assez pour être vraiment amoureux.

Elle avait raison. Mais, inexplicablement, il était incapable de renoncer. Qu'essayait-il de prouver ? Et pourquoi le fait qu'elle nie qu'ils aient jamais été amoureux l'agaçait-il ? Ou plutôt : lui faisait-il si mal ?

— C'est justement là que les notions d'efforts et de travail entrent en jeu, dit-il. Je t'accorde que l'amour se construit et que faire grandir une relation demande du temps, des efforts et de l'engagement. Il en est de même pour un mariage.

— Qu'essaies-tu de me dire ? Tu *veux* que ce mariage fonctionne ?

Devant son air incrédule, il hésitait entre l'amusement et l'irritation.

— Pourquoi penses-tu que j'aie traversé la moitié de l'Espagne pour te retrouver ?

— Honnêtement, je n'en sais rien, répondit-elle en poussant un soupir. Je ne suis pas sûre que tu le saches toi-même. Je t'avoue que je ne m'y attendais pas. Je pensais... Franchement, je pensais que tu serais heureux de me voir partir.

— Eh bien, ce n'est pas le cas.

Par pudeur, ou par habitude de garder ses sentiments pour lui, il ne lui dit pas combien il s'était senti meurtri et humilié quand il avait trouvé sa place dans leur lit vide. L'humiliation s'était muée en une terrible sensation d'abandon quand il avait compris qu'elle s'était éclipsée sans même laisser un mot. Voilà le peu de cas qu'elle faisait de lui.

Il reconnaissait que leur relation s'était terriblement dégradée, sans qu'ils aient tenté quoi que ce soit pour y remédier. Toutefois, il avait toujours cru qu'ils remonteraient la pente. Certes, il ne lui accordait plus une confiance aveugle, après la façon dont elle s'était enfuie, mais il était justement ici pour affronter ces doutes, pour se convaincre que Mia était la femme qu'il croyait qu'elle était. Pour prouver que leur mariage pouvait fonctionner..., s'ils y mettaient du leur.

— À vrai dire, j'ai cru que tu voulais me ramener chez toi pour des histoires de réputation et de parole donnée. Pas pour donner une deuxième chance à notre mariage. Mais je ne comprends toujours pas pourquoi tu t'obstines à vouloir faire fonctionner un mariage qui *ne peut pas* fonctionner.

— Pourquoi es-tu si catégorique ?

Il dut faire un effort pour ne pas lui rappeler sur-le-champ comment leur relation avait bien fonctionné. Il n'aurait qu'à l'attirer sur ses genoux. Elle se rendrait compte à quel point il avait envie d'elle. Et lui, il lirait dans ses yeux turquoise, dans le frémissement de ses lèvres quand il contemplerait sa bouche, qu'elle aussi le désirait follement.

Ce serait si facile... mais il devait se retenir. Entre eux, le désir physique et l'entente sur le plan sexuel n'avaient jamais représenté un problème. C'était tout le reste qui n'allait pas.

Écartant ses projets chimériques, il se rendit soudain compte que Mia n'avait pas répondu à sa question. Elle se contentait de le dévisager, pâle et l'air abattu.

— Mia ? Qu'y a-t-il ?

Sa question la fit sortir de son hébétude. Elle se leva d'un bond et s'éloigna de quelques pas. Alors qu'elle lui tournait le dos, il pouvait sentir la tension qui émanait de tout son corps.

— Je suis désolée, murmure-t-elle. Mais tout ceci est trop pour moi.

À sa voix étranglée, il comprit qu'elle se retenait de pleurer. Il se leva à son tour et fit un pas vers elle. Son premier réflexe avait été de la prendre dans ses bras pour la réconforter, mais il préféra s'abstenir tant qu'il ne saurait pas ce qui avait provoqué cette réaction. Même s'il s'en doutait un peu.

Un malaise familier s'insinua en lui à la pensée de ce qui avait pu mettre Mia dans cet état. Le sujet qu'ils évitaient soigneusement depuis des mois. Mais n'avait-il pas résolu de dépasser tous ces non-dits ?

— Mia, répéta-t-il.

Il fit un pas de plus vers elle, et posa les mains sur ses épaules. La chaleur de sa peau à travers son T-shirt réchauffa ses paumes l'espace d'un instant, avant qu'elle se libère de son étreinte d'un mouvement brusque. Puis elle fit volte-face. Nulle trace de larmes dans ses yeux que faisait luire la colère.

— J'aimerais savoir pourquoi tu tiens tant à ce mariage alors que tu es persuadé que j'ai tué notre bébé ?

5

Le choc qui figea les traits de Santos aurait pu sembler comique, mais il raviva seulement une souffrance lancinante. Pourquoi feignait-il la surprise ? Croyait-il qu'elle ne se souvenait pas du moment où il avait quitté sans un mot sa chambre d'hôpital, la laissant seule avec sa douleur et son chagrin ? Elle n'était pas sûre de pouvoir lui pardonner un jour cet abandon. Tout comme lui ne pourrait jamais lui pardonner ce qu'il pensait qu'elle avait fait. Ce qu'il savait qu'elle avait ressenti.

Une colère qu'elle retenait depuis des mois monta en elle. Elle se sentit soudain prête à se battre, à faire mal. Son sentiment de culpabilité l'avait empêchée de laisser éclater cette rage. Mais maintenant la culpabilité avait disparu.

— Mia... Je n'ai jamais pensé que tu avais tué notre bébé, protesta Santos quand il eut recouvré ses esprits. Comment as-tu pu croire cela ?

Elle laissa échapper un rire plein d'amertume. Il paraissait sincèrement convaincu qu'il ne lui en avait pas voulu à l'époque.

— Je ne t'ai jamais accusée..., reprit-il.

— C'était inutile, Santos. Toute ton attitude me le faisait comprendre.

À présent, la colère avait cédé le pas à la lassitude. Elle n'avait pas oublié les silences, les regards accusateurs. La façon dont il détournait la tête chaque fois qu'elle entrait dans une pièce, comme s'il ne supportait plus de la voir. Ces deux mois avaient été les plus longs qu'elle ait jamais connus, chaque journée représentait une épreuve, jusqu'à ce qu'elle finisse par craquer et s'enfuir.

Il resta silencieux un long moment, comme s'il soupesait ses paroles.

— Tu me condamnes donc pour quelque chose que j'aurais pensé, mais que je n'ai jamais dit ?

Son accusation semblait le perturber, mais elle insista :

— Tu nies l'avoir pensé ?

Ils n'avaient jamais abordé ce sujet, notamment parce qu'elle-même l'avait toujours soigneusement évité, mais elle était heureuse qu'ils en parlent maintenant. Peu lui importait l'issue de cet échange.

— Si nous devons parler de ce qui s'est passé, alors parlons de *tout* ce qui s'est passé, reprit-elle.

— D'accord, dit-il. Mais nous ne discuterons pas sous le coup de la colère.

Une émotion qui ressemblait à la tristesse avait brièvement traversé son regard doré, mais à présent, il la dévisageait avec son habituelle expression imperturbable. Elle se souvint qu'un jour, elle s'était emportée et elle lui avait crié de ressentir quelque chose. Il lui avait froidement répondu : « Tu ne sais pas ce que je ressens ». Et c'était justement le problème. Il ne lui disait jamais ce qu'il ressentait. Pas plus qu'elle-même ne partageait ses émotions avec lui, devait-elle reconnaître.

Mais quand elle avait perdu son bébé, s'il l'avait prise dans ses bras, s'il avait cherché à la rassurer, peut-être lui aurait-elle avoué les sentiments confus qui se bousculaient en elle. Qu'elle se sentait coupable, qu'elle était accablée par le chagrin, même si elle ne s'accordait pas le droit d'éprouver cette émotion. Elle lui aurait confié tout ce qu'elle avait enfoui au plus profond d'elle-même. Mais, blessée par les silences glacés de son mari, elle s'était repliée sur elle-même, tout comme lui.

— Je ne suis pas en colère, déclara-t-elle posément. Mais si tu continues de nier la réalité, je pourrai le devenir. Tu m'en voulais, Santos. Du moins, tu as agi comme si tu m'en voulais, pendant deux mois entiers.

— Comment aurais-je pu te blâmer pour la mort de notre enfant, Mia ? Tu as fait une fausse couche. Cela peut arriver à n'importe quelle femme. Ce n'était pas ta faute.

Il avait parlé lentement, comme s'il voulait donner du poids à chaque mot, mais elle avait l'impression qu'il récitait des paroles sans y croire.

— Je sais que j'ai fait une fausse couche, dit-elle en essayant de garder un ton aussi égal que le sien. Mais peut-être que tu as pensé que je l'avais provoquée, et c'est cela que tu me reproches. Je n'ai pas pris les vitamines, je ne me suis pas assez reposée, j'ai continué à prendre un café le matin...

Elle n'avait effectivement pas suivi à la lettre les recommandations de l'obstétricien, car elle peinait encore à accepter l'idée qu'elle était enceinte et que cette nouvelle enchantait Santos. Oui, elle était terrorisée, mais pas pour les raisons qu'il semblait croire. Ce n'était pas par égoïsme qu'elle ne voulait pas d'enfant, mais pour des raisons beaucoup plus profondes.

Le silence qui suivit sa déclaration lui confirma qu'elle avait vu juste.

— Selon le médecin, cela n'aurait rien changé, dit-il finalement.

— Il a dit ça ? Je ne m'en souviens pas.

Quelque chose dans l'expression de Santos – une pointe d'embarras ? – lui fit entrevoir la vérité.

— Tu lui as posé la question, n'est-ce pas ? Quand tu t'es retrouvé seul avec lui, après m'avoir quittée.

— J'essayais de comprendre ce qui s'était passé, Mia, admit-il. Comme toi, j'imagine. Ou peut-être étais-tu simplement soulagée ?

Santos regretta ses paroles quand il vit le visage de Mia se transformer en un masque dénué d'émotion. Il avait parlé sans réfléchir, mais il ne pouvait nier qu'une partie de lui-même pensait ce qu'il avait dit. Elle n'avait pas voulu de leur bébé. Ce n'était pas un secret. Elle le lui avait avoué quand elle avait appris qu'elle était enceinte, lors d'une conversation qui l'avait profondément blessé.

— Je savais bien que tu me reprochais quelque chose, dit-elle. Pourquoi l'as-tu nié ?

Sa voix empreinte de tristesse lui donnait envie de la serrer dans ses bras, mais aucun d'entre eux ne bougea.

— Qu'est-ce que tu racontes ? Tu m'as dit en termes très clairs que tu ne voulais pas de notre enfant, Mia. Le fait que je prenne cette réalité en compte ne signifie en aucun cas que je considère que tu as tué notre bébé.

Il dut s'interrompre, car l'évocation de *leur bébé* lui noua douloureusement la gorge. Le chagrin qu'il s'était interdit de ressentir depuis ce jour à l'hôpital, alors qu'il était encore sonné par l'annonce de la fausse couche, ressemblait maintenant à un raz-de-marée prêt à l'engloutir. Au prix d'un effort considérable, il parvint à le repousser.

— N'empêche que tu me considérais potentiellement responsable, sinon tu n'aurais pas posé ces questions au médecin.

— Je ne te reprochais rien, répéta-t-il. Crois-moi, je t'en prie.

Lui-même aurait voulu le croire, mais la conviction dont Mia faisait preuve était parvenue à le faire douter. L'avait-il blâmée ? Certes, il avait été en colère, et aussi meurtri. Et il avait éprouvé un immense chagrin, contrairement à elle, avait-il cru. C'est pourquoi il s'était retranché dans un silence qu'elle avait probablement ressenti comme un rejet.

Mais n'avait-elle pas, elle aussi, mis des distances entre eux ? En refusant de répondre à ses questions, en se refermant sur elle-même. Dans cette affaire, les torts étaient partagés. Ou presque.

— Je suis désolée, Santos, mais je ne te crois pas, dit-elle d'une voix lasse. Par conséquent, je ne vois pas d'issue.

— Tu penses que nous devrions divorcer, simplement parce que tu refuses de croire que je ne t'ai pas blâmée pour ta fausse couche ? demanda-t-il, incrédule.

— Ce n'est pas tout. Je pense que notre relation était vouée à l'échec dès le départ et c'est peut-être une chance que les choses se soient passées ainsi. Que je sois tombée enceinte si rapidement et... et que je perde le bébé.

Elle déglutit avant de conclure :

— Cela nous a permis de comprendre à quel point nous étions incompatibles, avant qu'il ne soit trop tard.

Tant de choses clochaient dans cette théorie que Santos ne savait même pas par où commencer pour la contrer. Il eut toutes les peines du monde à refouler le sentiment de frustration qui le gagnait.

— Mia, nous avons vécu des moments difficiles, très difficiles. Cela ne signifie pas que nous soyons incompatibles. Et de toute façon, il est trop tard, parce que nous sommes mariés. Ces vœux signifient-ils quelque chose pour toi ? demanda-t-il en s'avançant vers elle. Pour le meilleur et pour le pire. Dans la santé comme dans la maladie ?

— Et que représentent-ils pour toi ? rétorqua-t-elle du tac au tac. Tu m'as laissée seule à l'hôpital, après l'intervention. Tu es sorti de la chambre sans un seul mot.

La souffrance qu'il perçut dans sa voix le bouleversa. Il avait effacé cet épisode de sa mémoire, sans doute parce qu'il n'y tenait pas le beau rôle, et il en éprouvait une certaine honte aujourd'hui. Il l'avait effectivement abandonnée. Obnubilé par son propre désespoir, au lieu de lui parler, il était sorti parce qu'il n'avait pas su quoi faire d'autre.

— Je suppose que je pensais que tu voulais être seule, dit-il. Tu restais obstinément silencieuse. Je reconnais que j'aurais dû faire un effort, mais j'étais… en état de choc. Je suis désolé.

Il avait conscience que ses excuses étaient maladroites, mais elles étaient sincères. Mia les accueillit avec un petit rire sans joie.

— Oh ! Santos… Tu vois bien qu'à chaque occasion nous nous sommes éloignés l'un de l'autre. Dès que les choses sont devenues difficiles, nous avons tout fait de travers. Nous ne nous sommes jamais tournés l'un vers l'autre pour nous soutenir dans notre chagrin et notre douleur… Je sais que tu penses que cela ne m'a pas affectée, mais tu te trompes.

— Je te crois, affirma-t-il au bout d'un instant.

En effet, il pouvait désormais admettre que, bien que n'ayant pas voulu de leur bébé, elle ait été triste de l'avoir perdu. Il comprenait que ces deux sentiments pouvaient coexister.

Pour toute réponse, elle esquissa une moue dubitative, qui l'irrita.

— Comment puis-je te convaincre, Mia, alors que tu persistes à garder cette mauvaise opinion de moi ?

— Tout comme toi tu as une mauvaise opinion de moi, rétorqua-t-elle. Nous n'arrivons jamais à rien, cette conversation en est la preuve ! C'est pour ça qu'il vaut mieux que nous divorcions. Tu n'accepteras jamais mon point de vue, et tu ne partageras jamais le tien avec moi.

— Attends… Que veux-tu dire par là ? demanda-t-il, désarçonné par cette nouvelle accusation.

— Tu m'as systématiquement exclue, Santos. Tu refusais de partager tes sentiments avec moi. Ta tristesse, ta colère, ou quoi que ce soit. J'aurais peut-être dû faire plus d'efforts pour que tu te confies, mais quand j'ai essayé, j'ai eu l'impression que tu te fermais encore davantage. J'ai fini par te crier dessus comme une harpie et je me suis sentie encore plus mal. Tu sais pourquoi je suis partie ? Parce que ton attitude me donnait l'impression d'être quelqu'un de méprisable et que je ne supportais plus de me voir comme ça. Par moments, j'aurais préféré être morte, comme notre bébé...

Elle s'interrompit, les lèvres tremblantes comme si elle étouffait un sanglot et détourna la tête. Santos la regarda, médusé. Mia n'était pas du genre à dramatiser. Si elle affirmait qu'elle aurait préféré être morte, c'était vrai. Mais il ne pouvait pas – il ne voulait pas – croire que c'est lui qui l'avait à ce point plongée dans le désespoir.

Seigneur ! Comment en étaient-ils arrivés à un pareil désastre ? Instinctivement, il tendit la main vers elle, même si elle était hors d'atteinte. Il se sentait totalement démuni pour affronter cette situation et les émotions qu'elle éveillait en lui.

— Mia, je t'en prie... Quand nous serons rentrés à Séville, nous pourrons...

— Je ne peux pas retourner à Séville, dit-elle avec une brusquerie qui le surprit. Cette maison... Affronter ta mère, l'argenterie...

Elle éclata d'un rire frisant l'hystérie, qui se termina en un sanglot, puis elle releva la tête. Son visage pâle luisait de larmes et son regard trahissait une véritable panique.

— Ne m'oblige pas à retourner là-bas, Santos, s'il te plaît.

Même après sa fausse couche, il ne l'avait jamais vue aussi désemparée. Que diable lui arrivait-il ? Qu'est-ce que c'était que cette histoire d'*argenterie* ? Il se rendit compte qu'au fond, elle représentait toujours un mystère pour lui. Un mystère qu'il n'avait jamais cherché à percer. Peut-être était-il temps qu'il s'y attelle ? Fort de cette résolution, il franchit l'espace qui les séparait en deux longues enjambées et il la prit par les épaules.

— Mia, je t'en prie. Tout ira bien. Je ne te forcerai pas. Nous n'avons pas besoin de retourner à Séville.

— Vraiment ? demanda-t-elle, les yeux baignés de larmes.

Il acquiesça pendant que son cerveau tournait à plein régime.

Il avait une douzaine de réunions prévues pour la semaine prochaine à Madrid et à Rome, ainsi qu'un projet immobilier à superviser à Séville. Chaque heure de chaque journée était planifiée, comme d'habitude, mais en cet instant, son agenda millimétré n'avait pas d'importance, car une idée avait germé dans son esprit, qui lui parut à la fois sage et merveilleuse.

— Nous irons ailleurs, seulement nous deux. Dans ma villa sur une petite île, en Grèce.

Il avait toujours rêvé d'y séjourner pendant une longue période, sans jamais réaliser son rêve.

— Nous pourrions y rester quelque temps. Après tout, nous n'avons jamais eu de lune de miel, ajouta-t-il.

— Une *lune de miel* ?

Le scepticisme qu'il lut sur son visage l'aurait blessé auparavant, mais aujourd'hui, il renforça sa détermination. Il était parti à Ibiza pour retrouver sa femme, et il déplacerait ciel et terre, il irait en Grèce pour la reconquérir. Car il était convaincu que, quoi qu'il se soit passé entre eux, ils surmonteraient les obstacles… ensemble. Il ferait en sorte d'y parvenir. Il accomplirait les efforts que la réussite d'un mariage nécessitait. Il ferait tout son possible, pour Mia, car il ne s'agissait pas seulement de tenir sa parole, ou de se montrer digne de son héritage. Il s'agissait du bonheur qu'ils avaient connu ensemble, et qu'ils pourraient connaître de nouveau.

Il était temps de reconquérir son imprévisible épouse.

6

Quand Mia se réveilla, le lendemain matin, elle se sentait éreintée comme si elle avait couru un marathon. Bien entendu, elle n'avait pas été physiquement malmenée, mais sur le plan émotionnel, la journée de la veille avait été... intense. Leur discussion enflammée n'avait rien résolu et pourtant ils voguaient à présent vers la Grèce.

Elle ignorait ce qui l'avait poussée à accepter la proposition de Santos d'aller dans la villa qu'il possédait sur l'île d'Amorgos – encore un fait qu'elle ignorait à son sujet. Peut-être était-elle simplement lasse de fuir ? Elle n'avait plus d'argent, son énergie l'avait abandonnée et elle s'était dit que quelques jours loin de tout lui feraient du bien. Contrairement à Santos, elle ne pensait pas, en revanche, que ce séjour sauverait leur mariage.

Comment pouvait-il imaginer que des vacances allaient tout arranger ? Pour sa part, elle se sentait incapable d'évoquer de nouveau le passé comme ils l'avaient fait la veille. Parler de sa fausse couche avait été particulièrement éprouvant. Et tant d'autres sujets sensibles n'avaient pas été abordés.

Au fond, elle craignait qu'il ne comprenne jamais vraiment son ambivalence au sujet du bébé. Elle était tombée enceinte deux semaines seulement après leur mariage, de façon tout à fait imprévue, à cause d'un accident de contraception. Contre toute attente, Santos avait accueilli la nouvelle avec joie. Mia beaucoup moins.

Sa réaction mitigée à la lecture du test l'avait visiblement déconcerté, voire blessé.

— Mais Mia... Nous allons avoir un bébé. Un *niño* ! Ou une *niña* !

Son sourire radieux et ému irradiait d'amour. Du moins l'avait-elle cru. Mais la suite l'avait fait douter de la nature des sentiments qu'il éprouvait pour elle.

— Notre enfant..., avait-il poursuivi en prenant ses mains dans les siennes. Je sais que c'est un peu tôt, très tôt, même, mais je suis tellement heureux. J'ai toujours voulu une famille.

Avait-il perçu son désarroi ? Toujours est-il qu'il s'interrompit pour lui demander ce qu'elle avait.

— Santos, je... Je ne me sens pas prête pour avoir un bébé.

Pourquoi avait-il été incapable de la comprendre ? Ils se connaissaient depuis seulement *un mois* ! Mais pour lui, cela ne représentait pas un problème.

— C'est pour ça que la nature fait bien les choses en laissant neuf mois à un bébé pour grandir, répliqua-t-il avec un large sourire. D'ici là, tu seras prête.

— Non.

Le sourire de Santos s'effaça et pour la première fois, il la scruta avec cet air indéchiffrable qu'elle allait apprendre à connaître. La douceur de sa voix, quand il parla, semblait plus menaçante que bienveillante.

— Que veux-tu dire, exactement ?

— Je ne sais pas, avoua-t-elle, désemparée. Je ne suis pas prête, c'est tout.

En réalité, elle ignorait si elle serait prête un jour. Sa propre éducation ne l'avait pas préparée à être mère. Mais elle préféra ne pas confier ses appréhensions à Santos, car elle savait qu'il aurait simplement répété que tout irait bien. Aussi tenta-t-elle une autre approche :

— Ce n'était pas ce que nous avions prévu.

Non pas qu'ils aient prévu quoi que ce soit en se mariant aussi précipitamment. Ils s'étaient laissé porter par l'euphorie et le plaisir d'être ensemble, sans avoir évoqué le moindre projet d'avenir.

— J'espère que tu n'es pas en train de suggérer ce que je pense, dit-il d'un ton où perçait une sourde colère. Parce que c'est mon bébé autant que le tien. Tu n'as pas le droit de m'enlever mon enfant, ma chair et mon sang.

— Si tu crois que j'envisage d'avorter, c'est non, répliqua-t-elle d'une voix tremblante d'indignation. Mais je ne sais pas ce que je veux. Je sais seulement que je ne voulais pas… ça.

Si elle avait espéré qu'il insiste pour comprendre ce qui semblait tant la perturber, elle en fut pour ses frais.

— Eh bien, « ça » est un enfant que nous avons conçu ensemble, dit-il d'un ton sec. Et c'est tout ce qui compte maintenant.

La conversation s'était arrêtée là.

Refusant de perdre son temps à ressasser le passé, Mia se leva et alla contempler par le hublot le miroitement de la mer dont la surface aigue-marine scintillait sous le soleil matinal. Apaisée par cette vision, elle laissa son esprit vagabonder.

Au lieu de toujours voir le verre à moitié vide, pourquoi n'admettait-elle pas qu'elle avait beaucoup de chance ? Elle se trouvait sur un yacht magnifique, en compagnie d'un homme qui l'avait épousée et qui affirmait vouloir tout mettre en œuvre pour que leur mariage soit une réussite. Si elle restait avec lui, elle ne manquerait jamais de rien sur le plan matériel. Quant au plan émotionnel… C'était une autre affaire, sur laquelle elle préférait ne pas s'attarder pour l'instant.

Pour avoir subi l'indifférence – et parfois la négligence – de sa mère, le besoin de se protéger était profondément ancré en elle. C'est pourquoi, depuis toujours, elle restait sur ses gardes avec les inconnus. La méfiance était devenue une seconde nature pour elle, ce qui rendait sa réaction initiale face à Santos d'autant plus surprenante. Instinctivement, elle lui avait fait confiance. D'ailleurs, elle était toujours convaincue que Santos était un homme foncièrement bon. Certes, il pouvait se montrer intransigeant ou obstiné. Il pouvait aussi être arrogant et autoritaire. Mais elle avait aussi ses défauts, avec lesquels il avait dû composer.

Et si leur mariage avait un avenir, comme semblait le penser Santos ? Pour le savoir, elle allait devoir baisser la garde et dévoiler ses émotions. En était-elle seulement capable ? S'enfuir lui paraissait tellement plus facile, et plus sûr.

Ce qu'il y avait de mieux à faire était d'avancer pas à pas, se dit-elle finalement en s'écartant du hublot. Pour commencer, elle allait prendre une douche et s'habiller.

Vingt minutes plus tard, elle rejoignit Santos sur le pont. La silhouette athlétique de son mari se détachait sur le ciel bleu que traversaient à peine quelques nuages. Il portait un pantalon de toile blanc et une chemise en lin marine. Sa peau hâlée caressée par le soleil ressemblait à du bronze et des lunettes de soleil masquaient ses yeux. Il l'accueillit avec un sourire.

— Tu as bien dormi ?

— Oui.

Leur discussion l'avait tellement épuisée qu'elle avait sombré dans le sommeil dès qu'elle s'était glissée dans son lit.

— Quel est le plan ? demanda-t-elle.

— Nous nous rendons sur l'île d'Amorgos, dans les Cyclades.

— J'ignorais que tu possédais une villa en Grèce.

— Je n'ai sans doute jamais eu l'occasion de le mentionner, dit-il en haussant les épaules.

— Combien de maison as-tu, à part la propriété de Séville ? demanda-t-elle par simple curiosité.

— Hmm... voyons voir. La villa à Amorgos, un appartement à Madrid – essentiellement pour le travail et les escapades shopping de ma mère –, une autre maison dans les Caraïbes et un chalet à Klosters, en Suisse. C'est tout, conclut-il en lui dédiant un magnifique sourire.

Elle éclata de rire.

— C'est tout ! Je n'imagine même pas comment on peut posséder autant de résidences. Je ne sais même pas ce que c'est d'en avoir une.

— Tu n'as pas de maison ? demanda-t-il en fronçant les sourcils, surpris.

Comment aurait-il pu le savoir ? Au cours de leurs cinq mois de vie commune, elle était restée très évasive sur son passé. Elle s'était contentée de dire qu'elle avait grandi avec une mère célibataire et qu'elles « déménageaient souvent ». C'était un euphémisme pour décrire son enfance chaotique. Généralement, elle préférait ne pas trop évoquer ces souvenirs. De plus, elle n'avait pas voulu que Santos se sente désolé pour elle, et c'était toujours le cas aujourd'hui. Mais elle avait accepté de donner une nouvelle chance à leur mariage. Pour cela, ne devait-elle pas être honnête ? Sans toutefois tout lui dire, bien sûr.

— Nous n'avons jamais eu une maison ou un appartement à nous. Ma mère aimait changer d'endroit souvent.

— Oui, je me souviens que tu m'en as parlé, acquiesça-t-il, l'air pensif.

Il quitta le bastingage contre lequel il s'était appuyé et, posant une main sur sa taille, il la guida vers un canapé en L à l'ombre d'une pergola. Quelqu'un avait laissé une carafe de jus de fruit sur la table basse, et quand ils furent assis, il en remplit deux verres.

— Que veux-tu dire par « souvent » ? demanda-t-il en lui tendant un verre.

Mia murmura un remerciement et se pelotonna dans un coin du canapé. Ainsi, ils allaient réellement essayer de mieux se connaître. Pourquoi cette idée la rendait-elle nerveuse ? N'avait-elle pas prétendu vouloir plus de franchise entre eux ? La tâche serait ardue, car pour elle, secret rimait avec sécurité. Mais son enfance était de l'histoire ancienne, elle devait être capable d'en parler sans trop souffrir.

— En fait, c'était « très souvent », admit-elle. Nous restions dans un endroit pendant seulement quelques mois, parfois moins. Ma mère avait la bougeotte.

— N'était-ce pas perturbant ? s'enquit Santos en plongeant son regard dans le sien.

Elle haussa les épaules.

— J'étais habituée. Et puis, je ne connaissais rien d'autre.

D'ailleurs, elle avait continué à vivre ainsi une fois parvenue à l'âge adulte. Passer d'un endroit à l'autre, sans jamais s'attacher ni aux gens ni aux lieux. C'était peut-être une autre raison pour laquelle leur mariage avait échoué.

Même si, auprès de Santos, elle avait eu l'impression d'avoir enfin trouvé quelqu'un avec qui elle voulait rester.

Il la dévisageait comme si elle représentait un mystère.

— J'imagine qu'il n'était pas facile de devoir chaque fois se faire des nouveaux amis, dit-il.

— Au bout d'un moment, j'ai arrêté d'essayer. Heureusement que j'ai toujours aimé la solitude.

Elle appuya sa remarque d'un petit rire, mais elle était consciente que sa désinvolture sonnait faux. Il resta silencieux un moment, comme pour absorber toutes ces informations.

— Où est ta mère maintenant ? demanda-t-il.

Seigneur ! Il ignorait vraiment tout d'elle, songea-t-elle,

choquée. Mais à qui la faute ? C'est elle qui n'avait jamais voulu aborder le sujet. *Et elle ne le voulait toujours pas.*

— Elle est morte d'un cancer quand j'avais dix-sept ans. Elle n'allait jamais chez le médecin et la maladie n'a pas été détectée à temps. En fin de compte, ce fut assez rapide.

— Je suis désolé. Je sais combien il est douloureux de perdre un parent.

Elle savait qu'il avait perdu son père lorsqu'il était à peine plus âgé, mais il ne s'était pas étendu sur le sujet… et elle n'avait pas insisté. Comme tous les gens qui ne veulent pas qu'on leur pose de questions, elle avait tendance à ne pas en poser aux autres.

— Tu étais probablement plus proche de ton père que je ne l'étais de ma mère. Je n'ai pas autant souffert que toi.

Pourquoi aurait-elle pleuré une femme qui ne s'était jamais vraiment intéressée à elle ? Mais elle vit que son indifférence intriguait son compagnon.

— Quelle que soit notre relation avec lui, un parent reste quand même une personne déterminante dans notre vie, dit-il. En tout cas, mon père l'a été pour moi. Mais… dix-sept ans…, c'est quand même très jeune pour se retrouver livré à soi-même. Qu'as-tu fait ? Tu avais de la famille pour t'aider ?

Mia but une gorgée de jus de fruit, plus pour gagner du temps que pour étancher sa soif. Si elle lui disait la vérité, il allait la prendre en pitié et c'est justement ce qu'elle avait toujours voulu éviter.

— Non, il n'y avait personne, répondit-elle en essayant de garder un ton enjoué. Mais de toute façon, je travaillais déjà à l'époque. J'ai quitté l'école quand ma mère est tombée malade. J'ai pu subvenir à mes besoins.

Elle avait travaillé comme serveuse dans un restaurant dans une zone commerciale près de New York et elle logeait dans une chambre minuscule. C'était une existence solitaire et modeste. Dès qu'elle eut économisé suffisamment d'argent, elle s'était acheté un billet d'avion et elle était partie sans un regard en arrière.

Comme elle s'y était attendue, Santos prit un air horrifié.

— Mais tu étais encore une enfant !

— Tu te considérais comme un enfant à dix-sept ans ? demanda-t-elle. La vie nous oblige parfois à grandir vite, et ce n'est pas nécessairement une mauvaise chose. Je ne dis pas que cela n'a pas été difficile parfois, mais j'ai survécu, et je me suis plutôt bien débrouillée. Quoi qu'il en soit, assez parlé de moi. À ton tour, maintenant.

— D'accord, parlons de moi, acquiesça Santos en se calant plus confortablement contre le dossier du canapé.

Mia parut déstabilisée qu'il accepte si facilement de se livrer. Ce n'était effectivement pas son genre, mais il avait décidé de changer, de s'améliorer. De plus, il avait senti qu'elle avait besoin de faire une pause dans son propre récit. Malgré son insistance à assurer qu'elle allait très bien, il se doutait que son enfance – de toute évidence atypique – avait laissé des cicatrices.

Il était d'autant moins réticent à parler de lui qu'il avait beaucoup réfléchi la nuit dernière, après leur conversation. Elle avait raison quand elle l'accusait de ne jamais partager ses sentiments. C'est ainsi qu'il avait été élevé. Chez les Aguila, un homme ne s'épanchait pas et devait contrôler ses émotions en toutes circonstances. Il n'était peut-être pas encore capable de lâcher prise, mais il allait au moins essayer d'être honnête avec elle.

— Que veux-tu savoir ? demanda-t-il.

Il ne pouvait nier que l'air ébahi de sa compagne l'amusait prodigieusement. Ni qu'il éprouvait un certain plaisir à la déconcerter. Et si cette expérience se révélait moins pénible qu'il l'avait cru ?

Elle réfléchit quelques secondes avant de se lancer.

— Je sais que tu as grandi à l'hacienda, que tu as été en pension à Barcelone et que ton père est mort quand tu avais vingt et un ans. En revanche, j'ignore comment ces événements t'ont marqué. Ce qu'ils t'ont fait ressentir. Par exemple, étais-tu proche de ton père ?

— Oui, répondit-il machinalement.

La simple mention de son père lui évoqua l'homme à l'expression autoritaire et sévère. Il l'avait admiré, voire vénéré, mais avaient-ils vraiment été proches ? Il n'en était pas si sûr à présent et cette incertitude le déstabilisa.

— C'était un homme d'une force de caractère et d'une intégrité hors du commun, poursuivit-il néanmoins. J'ai toujours espéré que je suivrais ses traces.

— Pourquoi « espéré » ? Tu ne crois pas y être parvenu ?

Le regard attentif qu'elle posait sur lui lui procura une délicieuse sensation de chaleur.

— Disons que je considère que le verdict n'est pas encore tombé.

Il avait trente-quatre ans, quinze de moins que son père lorsque celui-ci était mort. Il avait fait de son mieux pour se montrer digne de lui. Sous sa direction, le domaine avait prospéré. Il avait géré le fonds d'investissement familial avec honnêteté et intégrité. Pourtant, l'impression qu'il n'arriverait jamais à la cheville du patriarche était profondément ancrée en lui.

— Cela fait pourtant… treize ans que tu es à la tête de l'empire familial. Pourquoi le verdict est-il en suspens ?

— Je n'en sais rien. J'ai toujours l'impression de ne pas être à la hauteur de ses exigences. Peut-être que tous les enfants ressentent la même chose vis-à-vis d'un parent avec une très forte personnalité. Cela n'est pas nécessairement significatif.

Même à ses propres oreilles, sa remarque insouciante sonnait faux. Mia l'avait-elle aussi perçu ?

— Cela te plaît de gérer le domaine ? Je veux dire, tu aimes ça ?

— Oui, répondit-il, toujours sans hésitation. C'est dans mon sang. Je n'imagine pas faire autre chose.

En tant qu'unique fils, il avait été préparé pour ce rôle dès son plus jeune âge.

— Tu ne réponds pas vraiment à ma question, fit remarquer Mia avec un petit sourire ironique.

Pris sur le fait, il lui retourna son sourire.

— J'aime vraiment ça, dit-il après un moment de réflexion. Pas chaque aspect, parce qu'une partie du travail consiste à m'occuper de questions administratives fastidieuses. Mais tout ce qui concerne la continuation du labeur de mes ancêtres, entretenir, développer...

Oui, il aimait veiller sur son domaine. La maison principale, vieille de près de six cents ans, ses murs chargés d'histoire, les orangeraies et les oliveraies... Même si un souvenir tragique qu'il n'aimait pas évoquer y était lié. La scène qu'il avait été impuissant à empêcher. Il revoyait son père, écroulé à l'ombre des arbres où flottait le parfum acidulé des oranges, les bras tendus vers lui, le suppliant de ne pas le laisser mourir.

Comme toujours, il s'empressa d'écarter ce souvenir douloureux.

— Oui, j'aime ce que je fais, dit-il fermement. Et je considère tous les employés du domaine, que ce soient les familles qui récoltent les oranges et les olives depuis des générations ou ceux qui travaillent dans la maison, comme des membres de ma famille. J'ai une responsabilité envers eux... que je prends très au sérieux.

L'air pensif, Mia resta silencieuse un moment.

— Nous sommes encore plus différents l'un de l'autre que je ne le pensais, dit-elle finalement.

C'était la conclusion qu'elle avait tirée de ses confidences ? pensa-t-il, abasourdi, tandis qu'un sentiment de trahison le gagnait.

— Tu as toujours vécu parmi tous ces gens que tu considères comme ta famille, ajouta-t-elle. Tu es enraciné dans ce lieu qui fait partie intégrante de ta personnalité. Alors que je n'ai jamais vécu assez longtemps quelque part pour me sentir chez moi, et que je n'ai pas de famille.

Elle exposait leurs différences de manière très factuelle et il devina qu'elle ne voulait surtout pas qu'il s'apitoie sur son sort. Il comprit aussi qu'elle ne considérait pas nécessairement leurs origines si différentes comme un obstacle insurmontable.

— Je suppose que les deux situations offrent des avantages et des inconvénients, dit-il au bout d'un moment. Tu avais une liberté que je n'imaginais même pas avoir en rêve.

— Si j'avais la liberté... Qu'est-ce que tu avais, toi ? demanda-t-elle.

— La sécurité, sans doute, Et... un sentiment d'appartenance. De savoir qui l'on est.

En effet, il avait toujours su qu'il était un Aguila, un homme de parole, maître de son destin et de son monde. Un homme qui ne se laissait pas gouverner par ses émotions et qui assumait pleinement ses responsabilités.

L'arrivée de Mia dans sa vie avait cependant balayé ses certitudes. Avec elle, il avait découvert un aspect de sa personnalité qu'il ignorait. Il avait pris goût à l'insouciance et profité des joies de l'existence sans arrière-pensée. La facilité avec laquelle ce changement s'était opéré n'avait cessé de l'étonner – et de lui faire un peu honte- mais même aujourd'hui, il ne regrettait pas de l'avoir épousée. Il était peut-être un Aguila, mais il voulait Mia. Et il était prêt à tout pour que ces deux réalités a priori contradictoires coexistent.

Sa dernière remarque avait laissé la jeune femme songeuse. Il ne fut pas surpris, quand elle reprit la parole, qu'elle change de sujet. Il accueillit même ce changement avec soulagement. Ils avaient suffisamment échangé de confidences.

— Quand arriverons-nous à Amorgos ? demanda-t-elle.

— Nous avons encore deux jours de navigation devant nous. Mais nous croisons actuellement au large de Barcelone, alors je me disais...

Il réfléchit à la façon dont il devait formuler sa proposition, car il sentait que la trêve entre eux était encore fragile et il ne voulait pas risquer de la blesser. La veille au soir, elle lui avait montré – sans doute involontairement – à quel point elle pouvait être fragile, et en même temps incroyablement forte. Depuis, il ressentait un besoin accru de la traiter avec tendresse. Et il voulait qu'elle sache que son avis lui importait, même pour une question aussi futile que celle qui le préoccupait à présent.

— J'ai pensé que nous pourrions peut-être y faire escale quelques jours pour faire des courses. Tu n'as que ton sac à dos, et il se trouve que je n'ai pas fait mes valises pour un long séjour. Qu'en penses-tu ?

— Je me vois mal acheter des vêtements alors que j'ai toute une garde-robe à Séville.

Il le savait parfaitement, puisque c'est lui qui lui avait acheté ces vêtements. Qu'elle avait abandonnés en partant, ainsi que tous ses bijoux. Pourquoi n'avait-elle rien pris ? C'était un mystère qu'il tenterait d'éclaircir, mais pas maintenant.

— Comme tu le fais justement remarquer, tes vêtements sont à Séville et non ici, répondit-il avec humour. Tout comme moi, tu dois bien avoir besoin de quelques bricoles... Et puis... Cela pourrait être amusant.

Leurs regards restèrent rivés un long moment l'un à l'autre. Il devina que les mêmes souvenirs joyeux leur revenaient en mémoire. Ceux des moments qu'ils avaient partagés. Leur entente allait bien au-delà de l'harmonie purement physique. Faire l'amour avec Mia avait été une expérience sur le plan émotionnel pour lui. Avec une dimension quasi spirituelle, car ce n'étaient pas seulement leurs corps qui s'étaient unis, mais aussi leurs cœurs et leurs esprits, même si cette pensée lui paraissait complètement extravagante.

C'est pourquoi l'idée de passer deux nuits avec elle dans un hôtel cinq étoiles à Barcelone – dans la même chambre, le même lit – le séduisait. Cela faisait des mois qu'ils ne s'étaient plus embrassés. Depuis des semaines même avant la fausse couche. Leur relation s'était délitée après que Mia lui avait fait part de sa réticence à avoir un enfant.

Or il voulait retrouver ces merveilleux moments d'intimité avec elle. Cette partie de leur mariage avait toujours très bien fonctionné. Peut-être les aiderait-elle à arranger celles qui fonctionnaient moins bien ?

Mia avait dû suivre le cheminement de ses pensées, car ses yeux turquoise prirent une nuance plus sombre. Une nuance qu'il connaissait bien et qui fit s'accélérer les battements de son cœur. Un sourire étira lentement ses lèvres féminines, qu'il brûlait d'embrasser.

— D'accord, dit-elle finalement. Tu as raison, cela pourrait être amusant.

7

Bien qu'elle ait beaucoup voyagé, Mia ne connaissait pas Barcelone. La ville s'étendait maintenant devant elle comme une mer de bâtiments ocre d'où émergeaient les monuments emblématiques tels que le musée d'histoire naturelle, semblable à une proue, le toit froissé du marché de Santa Caterina et, bien sûr, les flèches de la cathédrale Sagrada Familia de Gaudi, toujours inachevée après près de cent cinquante ans d'existence. Émerveillée par tant de splendeurs, elle ne savait plus où donner de la tête tandis qu'ils quittaient la luxueuse marina de Port Vell, où le yacht était amarré. Une voiture avec chauffeur les conduisit au Mandarin Oriental sur le Passeig de Gràcia, où Santos avait réservé une suite.

Même après avoir vécu avec Santos pendant plusieurs mois, le luxe restait quelque chose d'irréel pour elle. Dans les vastes salons et les galeries de l'hacienda des Aguila, ornés de meubles d'époque et de tableaux anciens, elle s'était toujours sentie comme une simple visiteuse. Sa belle-mère faisait des efforts pour se montrer aimable, mais il était évident que le choix de son fils ne l'enthousiasmait pas. Mia ne pouvait guère la blâmer. À sa place, elle aurait aussi été horrifiée.

Les journées lui avaient paru interminables, car Santos consacrait une grande partie de son temps à la direction du domaine et ils n'étaient sortis qu'à de rares occasions, pour aller dîner à Séville. De son côté, elle errait dans la vaste demeure, sous le regard scrutateur de sa belle-mère qui se demandait sans doute combien de temps cette belle-fille atypique tiendrait. Elle n'était pas restée suffisamment longtemps pour rencontrer Marina, la sœur de son mari, qui vivait à Madrid.

Toutefois, l'expérience qu'elle vivait à présent était totalement différente. Ne lui avait-il pas promis que ce serait leur lune de miel ? Le cœur battant d'excitation, elle suivit Santos dans l'ascenseur menant au dernier étage.

— Je n'avais jamais mis les pieds dans une suite penthouse, avoua-t-elle quand elle découvrit la succession de pièces – deux chambres avec leurs salles de bains somptueuses, un salon, une salle à manger et un bureau – à la décoration résolument contemporaine.

La suite possédait même une terrasse privée avec vue sur la vieille ville ! Un majordome se tenait à leur disposition vingt-quatre heures sur vingt-quatre. C'était grandiose et... complètement décadent.

Malgré cette débauche de raffinement, elle n'éprouvait pas ici le même sentiment d'accablement qu'à Séville. Était-ce parce qu'ils n'étaient que tous les deux ? Pas de domestiques au visage sévère, pas de belle-mère qu'elle cherchait à éviter.

Jusqu'à ce qu'elle s'enfuie, elle n'avait pas réalisé à quel point l'atmosphère de l'hacienda lui avait paru oppressante. Quel cauchemar que ces dîners à trois où le protocole était scrupuleusement respecté ! Sa belle-mère avait même dû lui apprendre quelle fourchette utiliser selon les plats. Quand elle ne lui conseillait pas de se renseigner sur les us et coutumes espagnoles, lui donnant l'impression d'être ignare.

Ici l'ambiance était totalement différente et elle se sentait merveilleusement détendue, sauf quand elle se souvenait du regard sans équivoque dont Santos l'avait couvée quand il lui avait proposé cette escale à Barcelone. Alors son cœur s'emballait et sa respiration se faisait plus difficile. S'attendait-il à ce qu'elle partage son lit ce soir ? En avait-elle envie ? Si elle voulait être honnête, la réponse était « oui ». Mais la raison lui recommandait d'être prudente. Ils ne s'étaient plus touchés depuis la fausse couche. Ce n'était pas sans raison.

Son regard fut attiré par Santos qui arpentait la suite avec l'assurance que conférait l'habitude du luxe. Serait-elle un jour aussi à l'aise que lui dans son monde ? Encore une différence entre eux. Elle essayait de ne pas se laisser décourager par tout ce qui les séparait, mais elle refusait de nier la réalité.

— Quand allons-nous faire les courses ? demanda-t-elle. Les magasins ne vont-ils pas bientôt fermer ?

— J'ai appelé quelques boutiques et je me suis arrangé pour qu'elles restent ouvertes rien que pour nous, lui annonça-t-il comme si ce n'était pas grand-chose. Ainsi nous éviterons la cohue.

— Ne nous mélangeons surtout pas à la plèbe, dit-elle d'un ton ironique.

— On peut le dire comme ça, si tu veux. Ça te gêne ?

Il faisait son possible pour se montrer attentionné et elle appréciait sa prévenance, mais...

— Non, mais... je fais partie de la plèbe, Santos.

Pour une raison inexplicable, elle éprouvait le besoin de le lui rappeler.

— J'espère que cela ne te dérange pas de me fréquenter, ajouta-t-elle.

Sa question sembla d'abord le contrarier, puis il sourit.

— Tu sais bien que non, Mia.

— Effectivement, je m'en doutais, mais je voulais souligner un autre point qui nous différencie.

Elle connaissait trop bien l'expression obstinée que prit le visage de son mari. Seigneur, il était incroyablement têtu !

— Tu sembles déterminée à penser que ces choses sont insurmontables, dit-il en croisant les bras.

— Je suis réaliste, c'est tout.

— C'est l'argument des pessimistes, rétorqua-t-il. Je sais que tu ne descends pas d'une vieille lignée aristocratique. Et alors ? Ça m'est égal.

— Peut-être que ça ne devrait pas.

Puisqu'ils avaient décidé d'être honnêtes, elle se sentait obligée de lui dire ce qu'elle n'avait jamais osé exprimer auparavant.

— Ta mère s'en soucie, et qu'en aurait pensé ton père ? Ou peut-être ta sœur ?

Elle comprit qu'elle avait touché un point sensible quand le sourire taquin de Santos s'évanouit.

— Il ne s'agit pas de ma mère, rétorqua-t-il d'un ton où affleurait la colère. Ni de mon père. Quant à ma sœur, ce genre de considération lui passe par-dessus la tête. Elle vit à Madrid, où elle est designer textile. J'espère que tu la rencontreras un jour.

— Tu es sûr qu'il ne s'agit pas un peu d'eux ? insista-t-elle. Tu as dit toi-même que ton père était ton modèle et que tu craignais de ne jamais arriver à sa hauteur. Notre mariage ne fait-il pas justement partie des choses qui te font douter d'y parvenir ? J'imagine que ton père aurait préféré te voir marié avec une femme de ton milieu.

« Et pas avec une Américaine née de père inconnu et sans le sou », se retint-elle d'ajouter.

— Je t'en prie, arrêtons de parler de ça, dit-il en s'approchant d'elle. Je n'ai pas envie de ressasser le passé. Profitons plutôt de l'instant présent. Ne sommes-nous pas venus ici pour nous amuser ?

De toute évidence, il voulait clore cette discussion sans aborder ce problème qu'elle jugeait pourtant crucial. Mais elle aussi était lasse d'argumenter. Et elle voulait s'amuser autant que lui.

Il était tout proche d'elle maintenant et quand il l'attira

contre lui, elle ne songea pas à le repousser. À l'idée qu'il allait peut-être l'embrasser, son cœur se mit à battre la chamade. Quand son torse viril se plaqua contre ses seins, elle sentit leur pointe se dresser et le souvenir de leurs étreintes enivrantes propagea une vague de chaleur dans ses veines.

Dans les bras de Santos, sa sensualité s'était épanouie. Il suffisait qu'il la touche pour que tout son corps se mette à vibrer de plaisir. Comme maintenant, alors qu'elle percevait la chaleur des paumes de son compagnon posées sur ses épaules à travers le coton de son T-shirt.

Pendant quelques secondes, ils restèrent ainsi enlacés. Nichant son visage dans le creux de son épaule, elle s'imprégna avidement de l'odeur de sa peau masculine qui attisait son désir. Quand il s'inclina et qu'il posa les lèvres sur son front, elle ferma les yeux pour mieux savourer ce baiser plein de tendresse. Puis il s'écarta et elle rouvrit les yeux.

Elle vit qu'il souriait, même si une ombre de tristesse flottait dans ses yeux.

— Nous nous en sortirons, lui promit-il. Mais pour l'instant..., amusons-nous ! Comme au bon vieux temps.

À cette allusion à l'époque de leur rencontre, elle ressentit une véritable nostalgie pour ce qu'ils avaient vécu au Portugal. Pour la première fois depuis qu'il l'avait retrouvée à Ibiza, elle éprouva un sentiment de perte en pensant à leur complicité, aux moments heureux qu'ils avaient partagés. Aux sentiments qu'elle avait cru éprouver pour lui, et qu'elle pensait réciproques. Une fois qu'elle avait pris la décision de le quitter, elle s'était convaincue que tout cela n'avait existé que dans son imagination.

— Je vais me changer, dit-elle en s'écartant à contrecœur.

Lorsque Mia disparut dans la chambre, Santos se retrouva tiraillé entre la frustration sexuelle que le départ de la jeune femme lui causait et la mauvaise conscience – la peur ? – qu'une de ses questions avait éveillée.

Qu'en aurait pensé ton père ?

Elle n'imaginait sans doute pas à quel point cette question avait fait mouche. Car il connaissait la réponse. Jamais son père n'aurait approuvé son mariage. Le patriarche avait lui-même choisi la fiancée de son fils alors que Santos n'avait que dix-sept ans. Elle s'appelait Isabella Ruiz et était la fille d'un vieil associé de la famille, tout aussi bien née que lui. Il la rencontrait lors d'occasions mondaines et il la trouvait gentille. Il se préparait à l'épouser un jour, sans grand enthousiasme, mais quand il avait compris que sa réticence ne s'estomperait pas, il avait décidé de mettre un terme à cette mascarade.

Par une heureuse coïncidence, quand il avait annoncé son intention à Isabella, celle-ci avait été soulagée. En effet, elle était tombée amoureuse de quelqu'un d'autre et elle était enchantée de retrouver sa liberté, même si elle aurait épousé Santos par sens du devoir. La mère de Santos avait été déçue, mais il lui avait assuré qu'il avait bien l'intention de se marier un jour. Malheureusement, la femme qu'il avait finalement épousée n'avait pas convenu à sa mère. Il avait pourtant espéré qu'elle finirait par accepter Mia.

— Je suis prête.

Il se retourna et vit Mia sortir de la chambre. Elle avait enfilé une robe rose pâle dont les fines bretelles se nouaient sur les épaules. L'envie irrésistible de les dénouer le submergea. L'étoffe fluide épousait son corps mince dont les courbes avaient le pouvoir de lui faire perdre la tête, et il mourait d'envie de caresser chaque parcelle de sa peau douce comme la soie. Mais ce n'était pas le moment. Plus tard, espérait-il.

— Parfait ! Allons-y.

Elle acquiesça presque timidement et il se rendit compte que l'apparente normalité de cette situation était nouvelle pour eux. Ils avaient décidé d'aller de l'avant. Il ne s'agissait pas seulement de surmonter le chagrin de la fausse couche. Ils devaient dépasser le stade de la passion enivrante des premières semaines de leur vie commune. « Le véritable amour est un sentiment qui s'enracine et qui grandit progressivement », lui avait dit Mia. Il espérait que c'était ce qui se passait maintenant.

Il s'était interdit de penser à l'amour lorsqu'il s'était lancé à la recherche de Mia. Il voulait seulement qu'elle revienne dans sa vie, parce qu'ils étaient mariés et qu'il était un homme de parole. Mais même à ce moment-là il savait déjà que ses sentiments pour Mia étaient plus profonds. Peut-être était-ce réellement de l'amour, ou au moins un commencement d'amour.

Il masqua du mieux qu'il put l'émotion que cette révélation lui causa et prit Mia par le bras pour se diriger vers l'ascenseur.

— Allons voir ces boutiques que tu as privatisées, dit-elle en lui décochant un sourire malicieux.

Son enthousiasme lui rappela que, lorsqu'il l'avait habillée de pied en cap, à leur retour à Séville après leur mariage, il n'avait pas songé à l'emmener faire les boutiques. Il s'était contenté de commander sur les sites de grands couturiers les vêtements à sa taille qu'il avait fait livrer à l'hacienda. Il avait aussi fait livrer une quantité de bijoux, dont une rivière en diamants, qu'elle n'avait jamais touchés.

Elle avait cependant dû porter certaines robes à l'occasion des dîners d'apparat en cinq services auxquels tenait absolument sa mère, mais il n'en gardait aucun souvenir. Il se rappelait seulement son expression angoissée quand elle contemplait les rangées de couverts de part et d'autre de son assiette. Maintenant qu'il savait dans quelles conditions singulières elle avait grandi, il comprenait le bouleversement qu'avait représenté pour elle son arrivée au domaine Aguila. Et on ne pouvait pas dire qu'il l'avait aidée à s'adapter à son nouvel environnement.

— Tu es bien silencieux, qu'est-ce qui te tracasse ?

La question de sa compagne le ramena à l'instant présent et il écarta la culpabilité rétrospective qui l'avait gagné à l'évocation de ces souvenirs.

— Rien. Je suis seulement impatient de te voir essayer tous ces vêtements, répondit-il en esquissant un sourire carnassier. Qui sait ? Tu auras peut-être besoin d'aide pour les fermetures à glissière.

Pour son plus grand plaisir, Mia rougit.

— Peut-être, murmure-t-elle en baissant les yeux, comme si un soudain accès de timidité l'empêchait de soutenir son regard.

La première boutique où ils entrèrent se trouvait tout près de l'hôtel. C'était un de ces endroits insupportables, où des vendeuses hautaines, trop maigres et au visage émacié, vous assaillaient dès que vous franchissiez le seuil.

— *Señor* Aguila, s'exclama l'une d'entre elles. C'est toujours un plaisir de vous voir. Comment se porte votre chère mère ?

Elle s'interrompit, le temps d'effleurer Mia d'un bref regard dédaigneux, et ajouta :

— Madame est... une amie, je suppose ?

— Mon épouse, corrigea-t-il sèchement.

Du coin de l'œil, il avait vu que Mia avait pâli sous l'affront, mais à peine avait-il prononcé ces paroles que la nuée de vendeuses tout de noir vêtues s'extasia en chœur pour les féliciter et pour exprimer leur joie d'habiller la *señora* Aguila. Mais Santos secoua la tête en signe de dénégation.

— Je crois que nous préférons aller ailleurs.

Puis il passa un bras sous celui de Mia et l'entraîna hors de la boutique. Quand ils débouchèrent sur le boulevard bordé d'arbres, Mia laisse échapper un petit rire nerveux.

— Qu'est-ce qui t'a pris ? demande-t-elle. Pourquoi es-tu parti ?

— Je n'aime pas ce genre de snobinardes hautaines.

Il ne s'était jamais soucié de l'attitude des gens qui l'entouraient ou qui étaient à son service auparavant, mais il avait détesté la façon dont ces femmes avaient toisé Mia avant qu'il leur apprenne qui elle était. Son explication provoqua un haussement de sourcil sceptique de la part de sa compagne.

— Tu n'as pas besoin de prendre ma défense, Santos. Bien sûr, j'apprécie l'intention, mais je devrais être capable de gérer ce type de situations. Il faudra bien que j'apprenne, si je dois faire partie de ce monde.

— Et si c'était *moi* qui ne voulais pas en faire partie ?

— Le monde que tu as dans le sang ? s'exclama-t-elle, incrédule. Ce monde qui fait partie intégrante de ta personnalité ? Tu ne le penses pas !

— Ce n'est pas un seul bloc. Je ne nie pas que l'héritage des Aguila – les terres, la maison, notre histoire – représente une partie de moi-même, mais cela n'inclut pas une mégère qui vend des vêtements dans une boutique de Barcelone.

Un frisson de plaisir le parcourut quand elle éclata de rire. Son rire – tellement joyeux, tellement authentique que plusieurs passants se retournèrent sur elle, charmés – le ramena à l'époque insouciante de leur rencontre. Il se rendit compte qu'il aimait la faire rire. Et il aimait aussi cette sensation nouvelle, celle de la comprendre davantage aujourd'hui. Leur relation lui paraissait à présent plus profonde, plus sérieuse, et il s'en réjouit.

— Je saisis la nuance, concéda-t-elle, les yeux pétillants.

Elle ressemblait tellement à la jeune femme insouciante du début de leur relation qu'il avait envie de la prendre dans ses bras et de l'embrasser passionnément. Mais il se retint. Toujours souriante, elle passa son bras sous le sien et ils se dirigèrent vers la boutique suivante.

Le personnel de ce magasin se montra nettement plus aimable et Mia se laissa entraîner sans protester dans le salon d'essayage. Santos s'installa sur le canapé de velours dans l'antichambre et en profita pour vérifier les messages sur son téléphone. Il réalisa qu'il ne l'avait pas ouvert depuis plus de vingt-quatre heures, ce qui ne lui ressemblait pas du tout.

Il fit défiler ses messages, survola ceux de sa mère et de son administrateur, sélectionna les priorités et les transmit au directeur du siège social à Madrid pour qu'il s'occupe des urgences. Quand il éteignit sa messagerie, il fut surpris d'éprouver une sorte de soulagement. À quoi bon le nier ? Il n'avait pas envie que ses affaires interfèrent avec ce qu'il était en train de vivre avec Mia.

L'instant suivant, elle écarta le rideau du salon d'essayage, un sourire timide flottant sur ses lèvres. Elle portait une robe, et quelle robe ! Le drapé émeraude du bustier retenu par de fines bretelles soulignait subtilement la perfection de sa poitrine. Resserrée à la taille par une mince ceinture, l'étoffe chatoyante retombait en un plissé fluide jusqu'à ses chevilles.

— Je ne vois pas à quelle occasion je pourrais la porter, dit-elle. Mais les vendeuses sont persuadées qu'elle est faite pour moi.

— Elles ont raison, et nous la prenons. Quant à l'occasion de la porter, tu l'as déjà. Ce soir, pour dîner avec moi.

Et il espérait que plus tard dans la soirée, il pourrait la lui enlever.

Mia dut lire dans ses yeux le désir brûlant qui le dévorait, car son sourire se figea l'espace d'un instant. Puis il étira de nouveau ses lèvres tandis qu'elle le couvait d'un regard qui fit bouillonner le sang dans ses veines.

— Dans ce cas, je m'incline, dit-elle d'une voix rauque, avant de refermer le rideau.

Le souffle court, Santos croisa les jambes pour dissimuler la réaction purement masculine que le ton chargé de promesses de Mia avait provoquée. Il avait hâte d'aller dîner, puis de se retrouver seul avec elle dans leur chambre d'hôtel.

8

L'achat de cette robe de couturier était un pur caprice, mais Mia ne le regrettait pas une seconde, car elle se sentait belle et désirable, et cela lui procurait un grisant sentiment de puissance. Le souvenir du regard brûlant de Santos quand elle était sortie de la cabine d'essayage la faisait encore frissonner deux heures après.

Peu lui importaient les turbulences que traversait leur mariage, les divergences qu'ils ne surmonteraient peut-être jamais, il leur resterait toujours cette connivence extraordinaire basée sur une irrésistible attirance physique. Et tandis qu'elle prenait place à la table du restaurant gastronomique, sur un toit-terrasse surplombant la ville, elle ne pouvait penser à rien d'autre.

Alors que le maître d'hôtel les accompagnait vers l'alcôve un peu à l'écart que Santos avait réservée, elle avait remarqué que les autres convives les suivaient discrètement du regard.

— Je pense que je suis un peu trop habillée, même pour un endroit aussi huppé.

— Tu es parfaite, répondit Santos.

Elle pouvait lui retourner le compliment. Vêtu d'un costume marine coupé sur mesure, avec sa chemise blanche dont les premiers boutons étaient défaits, il était sublime.

— Tu es aussi belle que la première fois que je t'ai vue, ajouta-t-il.

Mia ne put s'empêcher de s'esclaffer.

— Vraiment ? Pourtant, si je me souviens bien, je portais un T-shirt et un short coupé dans un vieux jean.

— Effectivement. Et je t'ai trouvée incroyablement belle.

Comment devait-elle prendre ces compliments ? Après des mois de silences glacés, de regards réprobateurs, elle devait faire un effort pour le croire quand il lui disait quelque chose de gentil. Elle décida néanmoins de lui faire confiance.

— Pourquoi es-tu venu me parler ce soir-là ? demanda-t-elle.

Au cours des mois écoulés, elle avait appris à mieux le connaître. Il était raisonnable et réfléchi. Aborder une inconnue dans un bar ne lui ressemblait pas du tout. La seule explication qu'elle voyait au fait qu'il l'ait demandée en mariage deux semaines seulement après l'avoir rencontrée était qu'il avait dû subir une greffe de personnalité.

— Je n'en sais rien. Un moment de folie, sans doute. Comme tu as dû t'en rendre compte entre-temps, ce n'est pas mon genre.

Un moment de folie… Devait-elle s'offusquer de cette explication ? Elle préféra repenser à ce que leur rencontre avait représenté pour elle. Elle avait immédiatement éprouvé le sentiment d'avoir trouvé sa place, sentiment qu'elle n'avait jamais connu jusqu'alors. Elle s'était jetée à corps perdu dans l'aventure, sans se soucier des conséquences, simplement parce qu'elle en avait envie. Parce qu'elle avait envie de lui.

— J'ai été irrésistiblement attiré par toi, Mia, reprit-il, la ramenant à leur conversation. Rien n'aurait pu m'en empêcher. Je sais que ça peut paraître extravagant…

— Et en complète contradiction avec ton caractère, même si je l'ignorais à l'époque.

— C'est vrai, mais ça me paraissait être une évidence.

La question était de savoir si c'était toujours aussi évident aujourd'hui... Et cette évidence suffirait-elle à abolir les différences entre eux ?

Le serveur qui vint apporter les menus mit un terme à ses réflexions. Elle faillit éclater de rire en lisant la liste – incompréhensible aux yeux des profanes – des mets qui figuraient à la carte. Une fois encore, elle se sentit complètement déplacée dans le monde de Santos. Son désarroi monta d'un cran quand elle découvrit le nombre de couverts disposés à côté de son assiette. Six exemplaires de chaque. C'était encore pire que lors des dîners à l'hacienda ! Au prix d'un effort, elle se ressaisit. Il n'y avait vraiment pas de quoi s'affoler. Ce n'étaient que des fourchettes et des couteaux, après tout. De plus, elle savait maintenant comment les manier, puisqu'Evalina, la mère de Santos, lui avait soufflé la méthode à l'occasion d'un dîner. Il fallait commencer par l'extérieur et progresser vers l'intérieur. Sur le moment, le conseil l'avait embarrassée, mais à présent elle se rendait compte que c'était gentil de la part de sa belle-mère.

— Qu'est-ce qui ne va pas ? demanda Santos qui avait levé les yeux de son menu.

À son air soucieux, elle comprit qu'il avait senti son changement d'humeur et sa sollicitude la toucha.

— Je ne sais pas quoi commander. Je ne comprends rien à ce menu, avoua-t-elle.

— Moi non plus. J'étais en train de me demander ce que pouvait bien être l'onglet, si c'est bon ou non.

— Tu ne sais pas ce que c'est ? s'exclama-t-elle sans masquer sa surprise.

Santos haussa un sourcil.

— Pourquoi serais-je censé le savoir ?

Son ignorance la déconcerta, car elle détruisait l'hypothèse qu'elle venait d'élaborer.

— Je ne sais pas... Je pensais que tu avais déjà goûté tous

les plats qui figurent au menu. Tout comme tu sais quelle fourchette utiliser.

— Ça, c'est facile, répliqua-t-il. Il suffit de suivre la règle d'or. « Commencer par l'extérieur et progresser vers l'intérieur. »

— C'est ce que ta mère m'a appris ! dit Mia en riant.

— C'est ce qu'elle m'a appris aussi, donc ça doit être vrai.

Il lui adressa un sourire chaleureux qui lui mit du baume au cœur. Ce fut comme si le doigt ironique de la providence lui rappelait qu'ils n'étaient pas aussi différents l'un de l'autre qu'elle le prétendait. Elle se sentit ridicule d'avoir pu laisser une simple histoire de fourchettes prendre de telles proportions.

Bien sûr qu'il savait que l'onglet était simplement un autre nom pour désigner le steak, mais manifestement Mia l'ignorait et il était prêt à tout pour qu'elle se détende. Il voulait qu'elle se sente à sa place dans ce monde et auprès de lui. Cela valait bien un petit mensonge. Et il n'avait pas menti au sujet des fourchettes.

Il aurait donné cher pour effacer l'inquiétude qui revenait sans cesse obscurcir son délicieux visage. Arriverait-il à la convaincre qu'ils étaient faits l'un pour l'autre ?

Résolu à surmonter les doutes qui l'assaillaient encore par moments, il étouffa la petite voix qui lui soufflait qu'elle n'avait pas voulu de son bébé. Il était convaincu qu'ils étaient sur la bonne voie. N'avaient-ils pas déjà réussi à aborder certains sujets sensibles ?

Mais ce soir, il ne voulait penser qu'à Mia. Il mourait d'envie de la prendre dans ses bras et de dévorer ses lèvres pulpeuses de baisers.

— Alors, tu vas goûter l'onglet ? demanda-t-elle.

— Oui, je vais tenter ma chance, répondit-il avec un sourire.

Ce fut un dîner exquis. Ils dégustèrent tous les plats au menu qui leur faisaient envie, arrosés de vins délicieux tandis que la lune se levait, faisant miroiter les eaux placides de la Méditerranée d'éclats argentés. Au fur et à mesure que la soirée avançait, Santos eut la satisfaction de voir Mia se détendre. Elle lui souriait, elle riait facilement. À plusieurs reprises durant le repas, elle posa la main sur la sienne, déclenchant chaque fois un délicieux frisson sensuel.

Au fil des heures cependant, la douce langueur qui l'avait envahi se mua en excitation et il était impatient de se retrouver seul avec elle.

Il était presque minuit lorsqu'ils quittèrent le restaurant. Comme il était de coutume en Espagne, beaucoup de gens n'avaient pas encore terminé de dîner et le centre historique débordait de monde.

Tandis qu'ils remontaient la rue pour rentrer à l'hôtel, il ne put s'empêcher de prendre Mia par la main et d'entrelacer ses doigts aux siens. Elle ne retira pas sa main et il sentait son désir s'intensifier.

Mia ressentait-elle ce même besoin d'assouvissement sensuel ? Se souvenait-elle, comme lui, de la merveilleuse entente physique qui régnait entre eux ? C'était la forme de communication la plus pure qu'il puisse imaginer entre un homme et une femme. Et il était impatient de revivre cette expérience ce soir. Pas seulement pour le plaisir qu'il savait qu'il ressentirait, mais pour l'avenir de leur relation.

Ils n'avaient toujours pas échangé un mot quand ils prirent l'ascenseur privé menant à leur suite au dernier étage. Quand les portes de l'ascenseur s'ouvrirent, elle retira sa main et entra dans l'appartement.

Il la suivit, se débarrassant au passage de la veste de son costume dans un fauteuil. Il aurait donné cher pour connaître l'état d'esprit de sa compagne. Brûlait-elle de désir, comme lui ?

Il l'espérait, car il avait trop envie de faire l'amour avec elle pour perdre du temps à la convaincre.

Dans la pénombre qui baignait le penthouse, Mia n'était plus qu'une silhouette qu'éclairait le clair de lune. Il distingua cependant sa chevelure ondoyant sur ses épaules, la rondeur de sa joue et le renflement de ses seins sous l'étoffe de sa robe quand elle s'arrêta devant la porte de la chambre principale.

Il retint son souffle, n'osant espérer, n'osant parler. Si elle lui disait bonne nuit et refermait la porte derrière elle..., il ne s'en remettrait pas.

Au bout d'un moment qui lui parut interminable, elle se tourna vers lui. L'atmosphère se chargea soudain d'électricité.

— Je crois que j'ai besoin d'aide avec ma fermeture Éclair, murmura-t-elle.

Santos se rendit compte qu'il avait retenu son souffle quand il dut prendre une profonde inspiration.

— Je pense que c'est dans mes cordes, répondit-il d'une voix rauque.

Le cœur battant à tout rompre à l'idée de la toucher enfin, il s'approcha. Il vit le petit sourire qui étira les lèvres de son épouse et une vague de chaleur l'envahit. Quand il fut derrière elle, il s'immobilisa un instant pour s'enivrer de la tiédeur qui émanait de son corps, du parfum familier qui n'appartenait qu'à elle – ce mélange d'amande et de rose qui le faisait irrésistiblement penser à une journée ensoleillée.

Puis il commença à tirer lentement la languette de la fermeture Éclair vers le bas, décidé à savourer chaque seconde de ce délicieux effeuillage. Il sentit le frisson qui parcourut le dos de Mia quand ses phalanges effleurèrent sa peau. En s'écartant, le tissu vaporeux révélait sa peau dorée, douce comme la soie. Elle retint sa respiration quand il s'immobilisa au niveau de sa taille et poussa un soupir quand il poursuivit jusqu'à la courbe de ses fesses.

Il s'avança encore un peu et posa les mains sur ses épaules pour retenir les bretelles et empêcher la robe de glisser sur ses hanches. Les fesses rebondies de sa compagne frôlaient ses cuisses et il eut toutes les peines du monde à maîtriser son désir.

— Tu as encore besoin d'aide ? murmura-t-il.

Son souffle avait soulevé une petite mèche de cheveux sur la nuque de la jeune femme et quand il la sentit frissonner, il se retint de se pencher pour goûter la saveur de sa peau, car il voulait entendre son accord explicite.

— Je crois que oui.

Il devina plus qu'il n'entendit sa réponse. Avec une lenteur délibérée, il fit glisser la robe de ses épaules, puis le long de son buste et il fit ce qu'il mourait d'envie de faire depuis une éternité. Il s'inclina vers elle et pressa les lèvres sur la peau tiède de sa nuque. Mia laissa échapper un petit gémissement.

Puis il posa les mains sur ses seins nus. Il savoura la sensation de leur rondeur satinée contre ses paumes. Exactement comme dans son souvenir... Elle se cambra contre lui et il taquina les mamelons qui durcirent sous ses doigts. La poitrine de Mia se soulevait au rythme erratique de sa respiration et il poursuivit son exploration vers sa taille, la pressant plus fermement contre lui. Quand il la sentit onduler contre son sexe dressé, c'est lui qui laissa échapper un râle de plaisir. Seigneur, ils entamaient à peine les préliminaires et il était déjà à l'agonie !

— Santos..., murmura-t-elle, avant de se retourner vers lui.

Puis elle noua les bras autour de son cou et il sentit ses lèvres féminines se poser sur les siennes. Un feu d'artifice de sensations explosa en lui quand elle commença à l'embrasser passionnément. Ce baiser sublime lui rappelait tout ce que leur relation avait eu de merveilleux.

Emportés par leur fougue, ils entrèrent dans la chambre en trébuchant. Ils éclatèrent de rire tout en continuant à s'embrasser. De tendre et langoureux, leur baiser se fit plus avide et leur désir s'embrasa.

D'un coup de pied, Mia se débarrassa complètement de sa robe. Un rire haletant lui échappa quand elle contempla le vêtement en boule sur le sol.

— C'est de la haute couture, murmura-t-elle. Je devrais l'accrocher à un cintre...

— Oublie cette robe ! marmonna-t-il tandis qu'il se laissait tomber sur le lit, l'entraînant avec lui. Je ne rêvais que d'une chose, c'était te l'enlever.

Il étouffa le rire ravi de sa compagne en reprenant possession de ses lèvres.

Submergé par une sensation de bonheur et de plaisir mêlés, il songea qu'il avait enfin ce qu'il avait toujours voulu.

Tout ce dont il avait besoin.

9

Allongée sur le lit, Mia contemplait Santos agenouillé au-dessus d'elle. Le désir qui brûlait dans ses yeux sombres la galvanisait et la bouleversait tout à la fois.

Quand il commença à déboutonner sa chemise, les doigts tremblants, elle se redressa sur les coudes. À l'exception du triangle de dentelle de sa culotte, elle était nue, mais elle n'éprouvait aucune honte, aucune crainte.

— Laisse-moi faire, murmura-t-elle en tendant les bras.

Soutenant le regard vibrant de son compagnon, elle défit un à un les boutons. À présent, c'étaient ses mains qui tremblaient. Cette intimité n'était pourtant pas nouvelle pour elle. Ils avaient fait l'amour un nombre incalculable de fois, mais jamais elle n'avait éprouvé une sensation aussi intense qu'en cet instant. C'était comme si ce rituel immuable avait pris une dimension sacrée. Le passé – avec ses erreurs et ses malentendus – semblait se dissiper, tandis que l'avenir s'annonçait plein de promesses.

Elle lui ôta sa chemise en la faisant glisser le long de son torse, se délectant au passage de sentir sous sa paume la peau tiède et les muscles puissants. Puis elle défit sa ceinture, qu'elle jeta négligemment par terre. Visiblement ravi de la voir prendre l'initiative, Santos émit un petit rire.

Alors qu'elle entreprenait de le débarrasser de son pantalon, effleurant au passage son sexe gonflé de désir qui formait une bosse contre son boxer, il prit la relève. En un clin d'œil, il se déshabilla complètement et elle le découvrit enfin dans la splendeur de sa mâle nudité.

— Je pense que tu es trop habillée, murmura-t-il en faisant remonter ses doigts le long de sa cuisse.

Elle laisse échapper un petit rire faussement offusqué. Elle ne portait qu'un string ! Mais son rire mourut sur ses lèvres quand il lui ôta ce dernier rempart symbolique avec un sourire vorace. Elle se sentit soudain totalement vulnérable.

Santos dut percevoir l'émotion qui l'étreignit, car il s'étendit à côté d'elle et la prit dans ses bras. Avec une tendresse infinie, il caressa son ventre. Quand son malaise se dissipa, elle leva la tête pour le regarder. Il posa une main sur sa joue et redessina doucement le contour de sa bouche avec le pouce.

— Tu m'as manqué, *querida*.

Ravalant les larmes d'émotion qui lui picotaient les yeux, elle tourna la tête et déposa un baiser dans le creux de sa main masculine.

— Toi aussi, tu m'as manqué, murmura-t-elle dans un souffle.

Il se pencha alors vers elle pour l'embrasser. D'abord doux, leur baiser se fit plus ardent tandis que le désir qui les consumait quelques instants auparavant s'embrassa de nouveau. Il resserra son étreinte et elle sentit avec satisfaction contre son ventre la preuve glorieuse de l'envie qu'il avait d'elle. À ce simple contact, le plaisir commençait déjà à irriguer ses veines.

— J'ai envie de prendre mon temps, murmura-t-il contre sa bouche.

— Oh ! non ! protesta-t-elle avec un gémissement de frustration. Peut-être plus tard...

Avec un petit rire guttural, il se positionna au-dessus d'elle et s'appuya sur ses avant-bras. Puis il s'immobilisa pour la dévisager avec une intensité qui lui fit oublier l'espace d'un instant qu'elle mourait d'envie de le sentir en elle, car elle eut conscience de vivre un moment crucial.

— Je t'aime, Mia, dit-il enfin.

Puis il la pénétra d'un mouvement souple. Profondément ébranlée par sa déclaration pleine d'assurance, c'est instinctivement qu'elle noua les bras autour des épaules musclées de son amant et qu'elle se cambra pour mieux l'accueillir en elle. La réaction de son corps, ce besoin viscéral qu'elle avait de Santos, la bouleversait encore davantage après ce qu'il venait de dire et tandis qu'elle ondulait sous l'impulsion du va-et-vient que son compagnon imprimait à ses hanches, les mots pulsaient en elle au rythme langoureux de leurs corps.

Je t'aime, Mia. Je t'aime, Mia. Je t'aime, Mia...

Bientôt, elle s'abandonna cependant complètement aux sensations qui la submergeaient. Les vagues du plaisir qui montait crescendo lui arrachaient des soupirs languissants et culminèrent en un orgasme dévastateur qui se prolongea quand Santos vint la rejoindre sur les sommets de l'extase.

Rassasiée de plaisir, Mia laissa retomber sa tête sur l'oreiller et elle ferma les yeux, savourant la sensation du poids de Santos sur elle, le contact de ses lèvres masculines contre son cou. Puis les mots qu'il venait de prononcer s'imposèrent de nouveau à son esprit.

« Je t'aime, Mia. » Était-il sincère ? Il ne le lui avait jamais déclaré auparavant. Certes, il avait dit : « Je crois que je suis en train de tomber amoureux de toi » d'un ton émerveillé au cours de ces premières semaines folles, mais cela ressemblait plutôt à un « peut-être ». Puis elle était tombée enceinte et il n'y avait plus eu de déclarations enflammées.

Santos, en se levant pour aller dans la salle de bains, interrompit un bref instant ses réflexions. Un bref instant seulement.

Tandis qu'elle reprenait lentement son souffle, elle se demandait si ce qui venait de se passer allait changer leur situation.

Qu'attendait d'elle Santos ? Aurait-elle dû répondre qu'elle l'aimait aussi ? *L'aimait-elle* ?

Déstabilisée par cette question dont elle ne voulait pas connaître la réponse, elle se leva à son tour. Après avoir enfilé un confortable peignoir éponge qu'elle trouva dans la penderie, elle ramassa sa robe et l'accrocha à un cintre. Ce n'est pas parce qu'ils s'étaient laissé emporter par une passion dévastatrice que cette robe méritait d'être maltraitée de la sorte. Elle était trop belle... et trop coûteuse.

Son mari s'éternisait dans la salle de bains et elle ressentit une légère inquiétude. Regrettait-il ce qu'ils venaient de faire ? Ou les mots qu'il avait prononcés dans le feu de l'action ?

Décidée à ne pas se torturer l'esprit, elle alla à la cuisine et prit une bouteille d'eau gazeuse dans le réfrigérateur, puis elle sortit sur la terrasse. La nuit touchait presque à sa fin, mais Barcelone vibrait encore de musique et de lumières. Elle s'appuya contre la balustrade et laissa vagabonder ses pensées.

Elle n'était pas tout à fait sûre de ce qu'elle ressentait. Comment qualifier ce mélange doux-amer de joie et de tristesse, d'appréhension et d'espoir ? En offrant son corps – et une grande partie de son cœur – à Santos, avait-elle commis une erreur, ou avait-elle fait le grand saut de l'amour ? Elle était incapable de le déterminer.

Si la deuxième hypothèse était la bonne, ne devait-elle pas se réjouir ? Or elle avait peur.

De quoi ? De souffrir, sans doute. D'aimer sans être aimée en retour. Si sa propre mère n'avait pas été capable de l'aimer, qui le serait ? Consciente que les doutes qui la hantaient depuis toujours avaient la vie dure, elle poussa un soupir résigné.

— Comment te sens-tu ?

Santos, en la rejoignant sur la terrasse, interrompit le cours de ses pensées. Pourvu qu'il n'envisage pas de disséquer ce qui venait de se passer ! Tant qu'elle n'aurait pas vu clair dans ses propres sentiments, elle ne se sentait pas prête pour cet exercice. Dans l'espoir de dédramatiser la situation, elle choisit d'adopter un ton léger.

— Merveilleusement bien, répondit-elle. C'était fabuleux ! Et toi, comment te sens-tu ?

À son expression pensive, elle vit qu'il avait reçu le message. Mais allait-il en tenir compte ?

— Merveilleusement bien aussi, dit-il en s'avançant vers elle de sa démarche féline.

Il portait seulement un pantalon en lin ample, et la vue de son torse musclé que parsemait une toison sombre qui descendait en s'amenuisant vers sa ceinture raviva le désir de Mia. Malgré elle, elle s'avança à sa rencontre.

— C'est toi qui es fabuleuse, ajouta-t-il en l'attirant contre lui.

— Il faut être deux pour danser le tango, le taquina-t-elle.

Elle était consciente qu'elle adoptait instinctivement cette attitude désinvolte pour se protéger, même si elle ne pensait pas que Santos lui ferait du mal. Pourtant, il l'avait déjà fait, même si ce n'était peut-être pas délibérément.

— Mia… Nous n'avons pas utilisé de préservatif, dit-il.

Elle fut soulagée de pouvoir le rassurer, car elle avait perçu une pointe d'inquiétude dans sa voix.

— C'est bon, je prends la pilule.

Santos fronça les sourcils et elle le sentit se crisper.

— *Tu prends la pilule* ? répéta-t-il en reculant d'un pas.

Pourquoi prenait-elle la pilule ? Et pourquoi ne le lui avait-elle jamais dit ? Au début de leur relation, ils avaient utilisé des préservatifs qui, il est vrai, ne l'avaient pas protégée d'une grossesse. Mais après la fausse couche, ils n'avaient plus fait l'amour. Ils ne s'étaient même plus touchés.

— Pourquoi as-tu l'air si… désapprobateur ? demanda-t-elle, interloquée.

Il fit de son mieux pour masquer son désarroi. Bon sang, il venait de lui avouer qu'il l'aimait ! Les mots étaient sortis tous seuls, mais il était sincère. Or elle n'avait rien répondu, et maintenant elle lui annonçait qu'elle prenait la pilule !

— Je ne comprends pas pourquoi tu prends la pilule, c'est tout.

— Eh bien, pour éviter une grossesse ? Pour que nous n'ayons pas à nous inquiéter après une nuit comme celle-ci ?

— Tu prétends que tu avais prévu une « nuit comme celle-ci » ?

Il entendait la crispation dans sa propre voix, mais il ne parvenait tout simplement pas à chasser ce sentiment de vulnérabilité qui le déstabilisait. En outre, quand ils avaient fait l'amour, il avait cru qu'ils avaient ressenti les mêmes émotions, mais maintenant il se posait des questions.

— Avoue que c'est étonnant, si l'on considère que tu t'es enfuie il y a plusieurs semaines et que tu ignorais que je te retrouverai, continua-t-il. Depuis combien de temps la prends-tu ?

Elle n'avait pas eu le temps de se procurer une ordonnance quand il l'avait retrouvée à Ibiza et, de toute façon, une ou deux semaines de traitement étaient nécessaires pour que la pilule soit efficace. Il se posait donc la question : Pourquoi aurait-elle eu besoin d'un moyen de contraception alors qu'ils étaient séparés ?

C'est alors qu'il se souvint de la robe sexy qu'elle portait le soir où il l'avait retrouvée et de l'homme avec qui elle bavardait.

Mia avait dû suivre le cours de ses pensées, car la colère assombrissait à présent ses yeux.

— Qu'est-ce que tu insinues, Santos ?

Il ne se laissa pas impressionner par son expression outrée.

— Je t'ai seulement posé une question, répliqua-t-il sèchement. Une question à laquelle tu sembles ne pas vouloir répondre.

Il regretta de l'avoir soumise à cet interrogatoire quand il vit le visage de Mia se décomposer, comme sous le coup d'une terrible douleur. Mais elle se ressaisit rapidement et quand elle reprit la parole, son expression avait quelque chose d'inflexible.

— Sache que je prends la pilule depuis que l'obstétricien qui a accouché notre bébé mort-né me l'a prescrite, après l'intervention. Si tu étais resté dans la chambre avec moi, tu l'aurais entendu.

Là-dessus, elle retourna en trombe dans la suite. Il entendit la porte de la chambre claquer, puis le silence se fit. Il était vraiment le dernier des salauds ! D'autant qu'au fond, il ne pensait pas réellement que... Mais il s'était comporté comme s'il la soupçonnait de vouloir le tromper. En proie à un terrible sentiment de culpabilité, il retourna dans la suite, avec l'intention d'aller lui parler. Mais arrivé dans le salon, il se ravisa. Mieux valait laisser à Mia, et à lui-même, quelques instants pour se calmer.

Ce répit lui permettrait également d'essayer de comprendre ce qui lui était passé par la tête pour lancer de telles accusations.

Après s'être servi un verre de whisky, il se laissa tomber dans un fauteuil. Avait-il réellement abandonné Mia, à l'hôpital après sa fausse couche, comme elle l'en avait déjà accusé ? Le chagrin avait noyé les souvenirs qu'il gardait de ce moment dans une sorte de flou.

Il se rappelait seulement qu'elle lui avait à peine adressé la parole et qu'il s'était senti impuissant face à la perte de leur bébé. Une perte dont il avait cru qu'elle ne la ressentait pas aussi douloureusement que lui.

N'était-ce pas justement le cœur du problème ? Il l'avait soupçonnée d'indifférence à la mort de leur bébé, et aujourd'hui, il l'avait pratiquement accusée de lui être infidèle. *Pourquoi* ? Il réalisa soudain que c'est parce qu'il ne la connaissait pas vraiment. Il ne savait rien d'elle, comme elle le lui avait d'ailleurs fait remarquer. Quant à lui, il n'avait pas été non plus complètement honnête. Il ne lui avait jamais fait part de ses doutes.

Bien sûr, il ne considérait toujours pas que leur mariage avait été une erreur, mais il pouvait reconnaître qu'il avait été un peu précipité. Ce que sa mère n'avait pas manqué de souligner avec une pointe d'inquiétude. Avec le recul, il se demandait ce qui l'avait poussé à se marier sur un coup de tête. Était-ce seulement la passion ? Ou un besoin plus profond, celui d'être heureux... et libre.

Le moment n'était-il pas venu de partager quelques-unes de ces réflexions avec Mia, au lieu de s'entêter à prétendre qu'il n'avait jamais eu de doutes ? Il posa son verre vide sur une table basse et il retourna dans la chambre.

Il découvrit Mia recroquevillée sur le lit, les genoux serrés contre sa poitrine, sa chevelure répandue sur l'oreiller couvrait son visage. Cette vision attisa ses regrets et son sentiment de culpabilité.

— Mia, je suis désolé.

— Désolé de quoi, exactement ? Ça m'intéresse.

Bouleversé par sa voix éraillée d'avoir pleuré, il s'assit sur le bord du lit, résistant à l'envie qui le démangeait de la toucher.

— Je suis désolé d'avoir tiré des conclusions hâtives. Pas seulement à propos de la pilule, mais aussi... Pour le bébé. Tu n'étais pas prête pour un bébé, mais cela ne signifie pas que tu n'as pas été triste quand tu l'as perdu. Je m'en rends compte, même si je ne te l'ai jamais dit.

Après un silence interminable, Mia écarta la mèche de cheveux qui barrait son visage baigné de larmes et le regarda.

— Pourquoi ne l'as-tu pas dit, Santos ? Cela m'aurait fait tellement de bien.

— Je ne sais pas, avoua-t-il, conscient qu'il se dérobait.

— Je pensais que tu m'en voulais, poursuivit-elle en chuchotant. Je pense *toujours* que tu m'en veux, au moins un peu, de ne pas avoir désiré le bébé au départ. Mais nous nous connaissions depuis seulement un mois. J'avais l'impression que tout allait trop vite.

— Je sais.

N'était-ce pas ce qu'il avait ressenti lui aussi, même s'il s'était réjoui à l'idée d'avoir un enfant ? À ses yeux, cet enfant allait cimenter leur mariage, lui donner une légitimité. Et puis, n'avait-il pas inconsciemment espéré que ce bébé lierait Mia à lui plus solidement qu'un certificat de mariage ? Il n'avait pas pensé aux difficultés que la jeune femme rencontrait pour s'adapter à sa nouvelle vie à Séville, ni que l'arrivée d'un bébé pouvait ajouter à son sentiment de ne pas être à sa place. Tout comme aujourd'hui encore, il ignorait ce qu'elle pensait ou ce qu'elle ressentait. Mais il était déterminé à le découvrir.

— Parfois, je me demande pourquoi tu m'as épousée, chuchota-t-elle. Et pourquoi tu ne sembles pas le regretter. À moins que… tu le regrettes ? Et que tu restes avec moi par sens du devoir.

Elle marqua une pause, et il eut l'impression qu'elle rassemblait son courage avant de soutenir de nouveau son regard.

— Tu as dit que tu m'aimais, mais je… J'ignore si je peux te croire. Peut-être que tu imagines seulement que tu m'aimes…

— Mia…, protesta-t-il, avant de s'interrompre.

Allait-il lui répéter qu'il l'aimait, alors qu'elle ne semblait pas vouloir lui rendre la pareille ? Certes, l'amour ne relevait pas de la loi du talion, mais il se sentait déjà suffisamment vulnérable sans en rajouter.

Mia poussa un soupir à fendre l'âme.

— Pourquoi m'as-tu épousée, Santos ? Vraiment ?

— Si je connaissais la réponse, je te la donnerai. Mais en vérité, je l'ignore. Tout ce que je sais, c'est que quand je t'ai rencontrée, que nous avons commencé à passer du temps ensemble, je me suis senti incroyablement heureux. Heureux comme je ne l'avais probablement jamais été. Et je voulais que cela continue...

Sa voix s'était brisée sur cette dernière phrase et à sa grande surprise, elle prit sa main dans la sienne.

— Pourquoi ? demanda-t-elle doucement. Tu n'étais pas heureux avant ?

Seigneur, qu'il était difficile de se dévoiler quand on avait été élevé dans la vénération du contrôle de soi ! Jamais il n'aurait songé à avouer qu'il avait – comme tout le monde – ses faiblesses. Mais Mia guettait sa réponse et peut-être avait-elle besoin qu'il lui montre qu'il n'était pas invincible. Peut-être lui aussi avait-il besoin d'en prendre conscience ?

— Je n'étais pas heureux comme ça, avoua-t-il à voix basse. Jamais comme ça.

Il fixait obstinément leurs doigts enlacés quand Mia accentua imperceptiblement la pression de sa main. Il releva la tête et lorsque leurs regards se rencontrèrent, elle lui sourit à travers ses larmes. Son cœur lui parut sur le point d'exploser dans sa poitrine.

De toute évidence, ils n'éprouvaient soudain plus le besoin de parler.

10

Accoudée au bastingage, Mia contemplait les eaux turquoise de la mer Égée tandis que le yacht s'approchait du ponton de la villa de Santos sur l'île d'Amorgos. Ils avaient quitté Barcelone trois jours auparavant. Trois jours pendant lesquels ils avaient langoureusement, amoureusement, merveilleusement vogué sous un soleil éclatant.

Au lieu d'essayer d'analyser les sentiments que son mari lui inspirait, elle avait décidé de profiter pleinement de chaque instant. Leur relation avait indéniablement pris une nouvelle tournure au cours de cette nuit où ils avaient fait l'amour et où ils avaient tacitement conclu une trêve, après les accusations blessantes qu'ils s'étaient lancées. Elle était reconnaissante à Santos d'avoir été capable de s'excuser. Cela n'avait pas dû être facile pour un homme aussi fier que lui. Tout comme elle était heureuse qu'il ait – même si c'était provisoirement – renoncé à raviver le passé.

Elle n'arrivait pas à croire, cependant, que ce qu'il éprouvait pour elle était de l'amour. Quel crédit accorder à des serments murmurés dans le feu de la passion ? Le souvenir de ses paroles, de sa voix chaude, suffisait pourtant à lui procurer chaque fois un délicieux frisson.

— Bienvenue à la Villa Paraiso, *señora* Aguila.

Santos l'avait rejointe et son sourire étincelant lui fit

immédiatement oublier l'incertitude qui la troublait l'instant auparavant. Elle prit la main qu'il lui tendit et ils descendirent du yacht.

Le décor enchanteur qu'elle découvrit en posant le pied sur le quai lui donna l'impression de débarquer au paradis. Nichée à flanc de colline, au milieu d'un bosquet de figuiers et de grenadiers, la villa ne laissait deviner qu'un mur blanchi à la chaux et des volets bleu vif. Partout éclataient les gerbes colorées des lauriers-roses et des frangipaniers.

Elle avait toujours aimé découvrir de nouveaux endroits, déambuler dans les rues d'une ville pour s'imprégner de l'esprit des lieux, s'asseoir dans un café et observer les passants. Chaque fois qu'elle se sentait un peu seule – ce qui arrivait plus souvent qu'elle ne voulait l'admettre –, il suffisait qu'elle se remémore les lieux qu'elle avait visités, les expériences qu'elle y avait vécues, et elle retrouvait son optimisme. Elle savait d'ores et déjà que la Villa Paraiso, sur l'île d'Amorgos ferait partie des lieux magiques qui avaient le pouvoir de lui redonner l'espoir.

— Tu es prête pour la visite ? demanda Santos.

L'intensité de son regard admiratif la fit fondre. Elle se mit à espérer que leur vie ressemblerait toujours aux trois jours qui venaient de s'écouler. Mais sa nature pragmatique reprit aussitôt le dessus. Elle savait que la réalité, avec ses hauts et ses bas, finissait toujours par vous rattraper. Heureusement, ce moment n'était pas encore venu.

— Je suis impatiente ! répondit-elle en éclatant de rire.

Elle le suivit sur le chemin sinueux traversant le jardin à flanc de colline. Le doux parfum des frangipaniers lui chatouillait les narines. Au sommet, un portail en fer forgé s'ouvrait sur une large terrasse surplombant la mer. Elle s'immobilisa et s'imprégna du panorama qui s'offrait à sa vue. La colline sur laquelle était perchée la maison descendait en pente douce jusqu'à la mer, dont le bleu profond se confondait avec l'horizon. D'un côté, la villa était flanquée d'une oliveraie, dont les arbres aux troncs noueux semblaient sortir de la nuit des temps.

L'une des trois portes-fenêtres donnant sur la terrasse ouvrait sur un vaste salon au sol carrelé de terre cuite et à la décoration épurée. Une femme au visage rond, les cheveux noirs attachés en un chignon soigné, sortit de ce qu'elle devina être la cuisine pour les accueillir.

— Bonjour *señor* Aguila, dit-elle avant de s'adresser à Mia avec un sourire chaleureux. Je suis heureuse de vous rencontrer enfin, *señora* Aguila.

— Je te présente Rosita. Elle est la gouvernante de la villa. Alvaro, son mari, s'occupe du jardin et du terrain.

— C'est un plaisir pour moi de vous rencontrer, répondit Mia.

Son plaisir était d'autant plus complet que Santos n'avait pas lâché sa main. Quel contraste avec Séville, où il avait toujours réservé les gestes affectueux – même les plus anodins comme se tenir par la main – à la sphère intime. Bien qu'ils n'aient jamais évoqué ce sujet, elle avait eu l'impression que la mère de son mari désapprouvait les marques d'attention en public. Evalina Aguila devait considérer ces comportements comme inappropriés pour le chef d'une famille aussi illustre et son épouse.

De toute évidence, le protocole était moins strict ici, et elle s'en réjouissait.

— Rosita, reprit Santos, ma femme veut visiter la villa. Par où me conseillez-vous de commencer ?

— Par l'étage ? suggéra la femme. La grande chambre est idéale pour une lune de miel.

Elle avait appuyé sa suggestion d'un large sourire et d'un clin d'œil égrillard qui aurait choqué Mia… s'il ne l'avait pas fait éclater de rire.

— Tu avais vraiment prévu de passer ta lune de miel ici un

jour ? demanda-t-elle à Santos quand il l'entraîna dans l'escalier, quelques instants plus tard.

— J'ai conçu cette maison comme un refuge... Que j'espérais un jour partager avec ma femme.

— Tu veux dire que tu avais prévu de m'emmener ici ? Avant que...

Leurs rapports avaient beau s'être détendus, elle avait encore du mal à évoquer certaines zones d'ombre. L'allusion ne parut toutefois pas doucher l'humeur joyeuse de Santos.

— Je l'espérais certainement, répondit-il.

Lui aussi semblait vouloir prolonger autant que possible cet état de grâce. Et s'il durait plus longtemps qu'ils ne le pensaient ? Pourrait-il durer... toujours ? Elle repoussa bien vite cette idée chimérique.

Ils étaient arrivés sur le palier du premier étage. Il ouvrit une porte, avant de s'écarter pour l'inviter à rentrer.

Sa vie avec Santos l'avait habituée à un luxe qu'elle n'avait pas connu dans son enfance chaotique, ni plus tard quand elle avait voyagé à travers le monde. Que ce soit la suite dans le palace où ils avaient passé leur première nuit ensemble, ou les pièces somptueuses dans la demeure chargée d'histoire des Aguila à Séville, elle avait dormi dans des chambres d'un raffinement extrême. Mais jamais elle n'avait vu une chambre aussi spectaculaire que celle-ci.

Située à l'extrémité de la villa, elle surplombait la mer. Les grandes baies vitrées accentuaient l'impression de se trouver sur un radeau au milieu de l'étendue azurée, sur laquelle elle semblait flotter. En plein centre de la pièce, se trouvait le lit. Un lit à baldaquin moderne, immense, posé sur une estrade pour mieux profiter de la vue. La brise tiède venant du large soulevait doucement ses voilages de lin blanc. À part les deux discrètes tables de chevet et une méridienne recouverte de lin crème, près de la terrasse, il n'y avait pas d'autres meubles.

— C'est un peu dépouillé, reconnut Santos avec une grimace, comme pour s'excuser. Mais pour moi, tout le charme de cette chambre réside dans la vue.

— C'est fabuleux ! Je l'adore et pour rien au monde je ne voudrais me trouver ailleurs.

Santos n'aurait pas davantage voulu être ailleurs. Profondément ému à l'idée que cet endroit leur inspirait à tous deux la même admiration, il s'avança vers elle. Elle sourit quand il l'attira contre lui et qu'il effleura ses lèvres d'un baiser. Il la sentit frémir dans ses bras et aussitôt son désir s'enflamma.

Leur voyage à bord du yacht avait été un véritable enchantement. Pratiquement seuls au monde, ils s'étaient abandonnés sans retenue au désir qui les poussait irrésistiblement l'un vers l'autre. Il avait revécu la joie pure qu'ils avaient connue au début. Si ce n'était pas de l'amour, cela s'en rapprochait beaucoup. Il en était d'autant plus convaincu qu'il avait l'impression qu'ils avaient appris à mieux se connaître au cours des derniers jours et il espérait de tout cœur que ce qu'ils avaient construit était assez solide pour durer..., mais ils n'avaient pas besoin de le vérifier tout de suite.

— Ce lit est très confortable, murmura-t-il contre ses lèvres.

Elle poussa un petit cri de surprise quand il la souleva dans ses bras et qu'il l'emporta vers le lit, où il la déposa avant de s'allonger à côté d'elle.

— Il fait encore jour et Rosita est en bas ! protesta-t-elle mollement.

— Ne t'inquiète pas, elle ne viendra pas nous déranger.

Considérant le sujet clos, il glissa une main le long de la jambe de sa compagne, savourant la douceur satinée de sa peau, puis s'immisçant entre ses cuisses, sous sa robe légère, il commença à taquiner du bout des doigts le cœur palpitant de sa féminité. Elle ferma les yeux et se cambra sous sa caresse en laissant échapper un gémissement de plaisir. Il adorait la voir ainsi fondre de désir dès qu'il la touchait. Et il adorait le fait qu'elle aussi n'avait qu'à le regarder pour provoquer en lui exactement la même réaction.

Comme si elle lisait dans ses pensées, elle ouvrit les yeux à cet instant, et aussitôt, le besoin irrésistible de la posséder l'assaillit. Brûlant de passion, il se pencha vers elle pour l'embrasser. Elle l'attira tout contre elle et répondit à son baiser avec une fougue qui exacerba son désir.

— Santos...

Seigneur ! Quand elle prononçait son nom de cette façon, à la fois une supplique et un ordre, il n'avait plus qu'une hâte : satisfaire ses demandes, avec sa bouche, avec ses mains, avec tout son corps. Car une chose était sûre, songea-t-il tandis qu'il se perdait en elle, flottant sur un océan de bonheur. Leurs corps n'avaient jamais eu de problèmes pour communiquer.

— Rosita va se demander où nous sommes passés, fit remarquer Mia en s'étirant langoureusement.

Le soleil répandait son voile doré sur leurs corps enlacés au milieu des draps froissés. Santos caressa rêveusement le dos de sa compagne. Il était tout simplement incapable de résister au besoin de la toucher, alors même qu'ils venaient de faire l'amour.

— Je pense qu'elle l'a deviné. Après tout, nous sommes de jeunes mariés en voyage de noces.

Il trouva charmante la rougeur qui rosit les joues de Mia. Mais l'embarras laissa presque immédiatement la place à une expression pensive. Elle roula sur le côté et, après s'être à moitié redressée sur un coude, elle le fixa.

— C'est aussi simple que ça ? demanda-t-elle. Il suffit que nous repartions de zéro pour que tout aille bien ?

Déstabilisé par cette question qu'il avait soigneusement négligé de se poser, Santos mit quelques secondes avant de répondre.

— Pourquoi cela ne serait-il pas aussi simple ? rétorqua-t-il en soutenant son regard.

Pour sa part, c'est ce qu'il aurait voulu. Le fait que Mia fasse de nouveau partie de sa vie lui rappelait la raison pour laquelle il l'avait épousée. Quand ils étaient ensemble, il devenait l'homme qu'il voulait être. Insouciant, aimant plaisanter et apprécier les joies de l'existence. Cet homme que Mia avait révélé, ce que personne avant elle n'avait jamais réussi à faire.

— Mais que fais-tu des difficultés que nous avons rencontrées ? Et de nos différences ? Elles n'ont pas disparu par enchantement.

— Tu sais ce que j'en pense, Mia. Les différences ne constituent pas nécessairement des obstacles. Je suis persuadé que nous saurons les surmonter. N'est-ce pas d'ailleurs ce que nous sommes en train de faire ?

Il attrapa sa main libre et déposa un baiser sur chaque doigt, l'un après l'autre.

— N'as-tu pas apprécié ces derniers jours que nous avons passés ensemble ? demanda-t-il avec une pointe d'espièglerie dans la voix, bien que sa question soit tout à fait sérieuse.

Elle rit doucement, son visage s'adoucit et elle tendit la main pour effleurer sa bouche masculine d'une délicate caresse.

— C'était merveilleux, admit-elle. Ils comptent certainement parmi les plus beaux jours de ma vie.

Il fit mine d'être contrarié par sa réponse, voulant à tout prix garder l'atmosphère légère qui régnait entre eux.

— Et quels étaient les autres ?

— Nos premiers jours ensemble, au Portugal. C'est entre ce moment-là et maintenant que c'est devenu plus compliqué… *pour nous deux*.

Il lui fallut quelques secondes pour se rendre compte qu'elle reconnaissait que la situation avait été difficile pour lui aussi. Toutefois, l'honnêteté l'obligeait à admettre que cela avait été plus ardu pour elle que pour lui. C'est elle qui avait dû s'adapter à un nouvel environnement, peuplé d'étrangers qui ne parlaient pas sa langue, qui semblaient se méfier d'elle. Puis quelques semaines plus tard, elle avait découvert qu'elle était enceinte, alors qu'elle n'avait probablement pas envisagé d'avoir des enfants avant des années.

Non, il n'avait pas eu à affronter des changements aussi radicaux. En avait-il seulement été conscient ? Toujours est-il qu'il ne l'avait jamais soutenue.

— Qu'y a-t-il ? s'enquit Mia. Tu me regardes d'une drôle de façon.

— Je suis en train de réaliser quelle personne extraordinaire et incroyablement forte tu es.

Au soulagement qu'il lut sur le visage de sa compagne, il s'aperçut qu'elle s'était attendue à une critique. Avait-il donc souvent été négatif à son égard ? Aussi peu généreux ?

— J'aurais dû te le dire plus tôt, reprit-il. À Séville, au domaine. Tu as énormément pris sur toi, quand tu es venue t'installer avec moi. Tu as fait beaucoup d'efforts pour t'adapter à un mode de vie nouveau.

— Je n'ai pas l'impression d'avoir réussi, dit-elle d'un ton où il perçut une note de dépit. Peut-être que j'aurais dû faire davantage d'efforts.

— C'est moi qui aurais pu faire plus d'efforts.

Elle le scruta, les sourcils froncés, comme si elle ignorait si elle devait le croire, mais elle ne posa pas d'autres questions, et Santos en fut soulagé. Il préférait reprendre cette discussion une fois qu'il y verrait plus clair dans ses propres pensées…, ainsi que dans ses sentiments. Pour l'instant, il voulait simplement profiter de leur complicité retrouvée.

Mia dut ressentir le même besoin, car elle caressa doucement son torse, tandis qu'un sourire coquin étirait ses lèvres.

— Assez parlé, murmure-t-elle. C'est notre lune de miel, l'aurais-tu oublié ?

Elle s'allongea sur lui. Un frisson langoureux le parcourut quand la chevelure de Mia retomba en cascade sur son torse.

— Profitons-en au maximum, ajouta-t-elle dans un souffle.

Galvanisé par le désir qui déjà le consumait, Santos ne put que convenir que c'était une excellente idée.

11

— Je n'en reviens pas que ce soit la première fois que tu viens plonger ici !

Mia lui lança cette remarque étonnée alors qu'ils étaient en train d'embarquer à bord de son voilier sous le brûlant soleil estival. Elle portait un haut de bikini blanc et un short en jean. Elle était incroyablement belle, avec les taches de rousseur que son bronzage faisait ressortir sur son petit nez.

Depuis qu'ils avaient accosté à Amorgos, trois jours auparavant, il ne pouvait que qualifier d'idyllique leur séjour. Ils avaient exploré l'île à pied, acheté des spécialités locales sur le marché, admiré les vestiges antiques. Ils s'étaient prélassés sur la plage, s'embrassant sans fin, enlacés sur le sable blanc. Ils avaient gravi la montagne pour visiter un magnifique monastère, où les moines leur avaient offert des friandises parfumées à l'eau de rose, avant de bénir leur mariage.

Quand il était avec Mia, sa vie prenait une intensité particulière. Comme si le soleil brillait plus fort. C'était une expérience déroutante, mais qu'il adorait.

Quant aux nuits… Ils ne se lassaient pas de redécouvrir leurs corps avec un émerveillement chaque fois renouvelé. Voilà la vie à laquelle il aspirait ! Une vie pleine de passion et de joie, et pas une existence étriquée où seuls comptaient le travail acharné et le devoir. Même si son travail lui plaisait.

Toutefois, il savait que ce moment hors du temps aurait nécessairement une fin. Dans quelques jours, peut-être une semaine, il devrait rentrer à Séville. Avec Mia. Mais par un accord tacite, ils n'évoquaient jamais cette perspective.

— Je n'ai pas eu l'occasion d'étrenner mon masque et mon tuba ici, parce que j'y suis rarement venu, dit-il. J'ai fait construire la villa il y a quelques années seulement. Et puis, j'ai été très occupé, ajouta-t-il avec un sourire d'excuse.

— Je sais que ton travail t'accapare énormément, dit-elle avec un sourire indulgent. Je m'étonne d'ailleurs que tu aies pu prendre autant de temps libre.

La conversation s'approchant dangereusement d'un thème qu'il voulait éviter, il brandit un masque pour changer de sujet.

— As-tu déjà fait de la plongée ? demanda-t-il.

— Oui, mais pas dans un endroit aussi fabuleux. Je suis impatiente d'y être, je parie que le spectacle est fantastique.

— Hors de l'eau aussi, le spectacle est plutôt agréable, fit-il remarquer en lorgnant sans vergogne ses seins que couvraient deux triangles blancs.

Elle lui dédia un regard tout aussi admiratif et répliqua en haussant les sourcils :

— Je suis d'accord avec toi.

Sa mimique le fit s'esclaffer. Il n'en revenait pas de la facilité avec laquelle il riait quand il était avec Mia. Comment avait-il pu laisser leurs différends le lui faire oublier ?

— Je pense que nous sommes prêts à appareiller, annonça-t-il quand elle l'eut rejoint à bord du voilier.

Il hissa les voiles et l'embarcation s'éloigna du ponton, laissant derrière eux la villa.

— Pourquoi as-tu fait construire cette maison, puisque tu n'as jamais le temps d'y venir ? demanda-t-elle quand ils furent au large. Peut-être que ta mère ou ta sœur y viennent... ?

Il ne manqua pas de remarquer la gêne qui perçait dans sa

voix chaque fois qu'elle évoquait sa famille. Il déplorait que sa mère ne se soit pas montrée plus chaleureuse avec Mia et il espérait qu'elle finirait par changer d'avis à propos de la jeune femme. Et lorsque sa sœur reviendrait enfin à Séville – ce qui lui arrivait rarement – il ne doutait pas que Mia et elle s'entendraient bien.

— Non, ma mère n'est jamais venue. Elle préfère le shopping ou le ski. Quant à ma sœur, je suis sûr qu'elle adorerait cet endroit, mais elle est trop prise par son travail… Comme moi. Quoi qu'il en soit, j'ai construit cette villa pour moi. Pour la famille que j'espérais fonder un jour, pas pour elles.

Curieusement, pour la première fois depuis longtemps, le mot « famille » lui procura un sentiment d'espoir, et non plus de perte.

— Et je suis heureuse que tu m'y aies emmenée. C'est un véritable paradis. Mais…, tu ne m'as toujours pas dit pourquoi tu l'avais fait construire, ajouta-t-elle. Le domaine à Séville, l'appartement à Madrid, ta propriété aux Caraïbes et ton chalet en Suisse ne te suffisaient donc pas ?

Son regard sérieux démentait la note ironique de sa question. Elle ne se satisferait visiblement pas d'une réponse évasive. Il décida donc de faire preuve de franchise, même si cela impliquait de se dévoiler plus qu'il n'aurait voulu.

— Cet endroit est différent. C'est *moi* qui l'ai fait construire et il devait me permettre de m'échapper.

— T'échapper ! De quoi, exactement ?

Il mit quelques secondes pour rassembler les pensées confuses qui s'entrechoquaient en lui et lui fournir la réponse la plus cohérente, la plus proche de la réalité possible.

— De tout, dit-il simplement. Ce n'est pas évident d'être un Aguila, et plus particulièrement le chef de famille. Cela implique de lourdes responsabilités, tant sur le plan de la gestion du patrimoine familial que sur le plan humain. Des centaines de personnes travaillent pour nous. C'est de tout ça que je voulais pouvoir me libérer de temps en temps. Ce n'est pas toujours facile d'être moi… ou du moins, d'être l'homme qui dirige cet empire.

Mia le dévisagea un long moment. Son amour-propre s'insurgea contre la sympathie qu'il lisait dans son regard pensif et il détourna la tête pour qu'elle ne devine pas combien cet aveu lui avait coûté. Il sentit alors la main de Mia recouvrir la sienne et la presser doucement.

— Je suis heureuse que tu possèdes ce refuge, murmura-t-elle. Pour toi, mais aussi pour moi. Pour nous.

Trop bouleversé pour parler, il se contenta d'acquiescer. Il avait soudain réalisé que la compréhension de Mia n'était en rien la pitié. Elle ne considérait pas son explication comme un aveu de faiblesse. De nouvelles perspectives s'ouvrirent à lui et il se rendit compte qu'il était heureux de s'être confié en toute franchise.

Tandis que Santos manœuvrait le voilier pour jeter l'ancre dans la crique d'une petite île déserte, Mia savourait la douce caresse du soleil sur son visage. Elle ne pouvait s'empêcher de suivre du coin de l'œil chaque geste de son mari. La concentration tendait l'expression de son beau visage viril. Avec ses larges épaules et sa musculature harmonieuse, il ressemblait à l'image qu'elle se faisait du dieu Apollon. Vêtu d'un seul maillot de bain, le hâle qui brunissait son corps athlétique ajoutait à son impression de contempler une statue antique.

Chaque fois que son regard se posait sur lui, elle s'émerveillait qu'un homme aussi sublime l'ait épousée et veuille rester marié avec elle. Mais au fil des jours, cette idée lui semblait de moins en moins irréelle.

Surtout après l'aveu qu'il venait de lui faire. Elle avait senti qu'il était mal à l'aise et qu'il s'était probablement livré plus qu'il n'aurait voulu, mais elle lui était reconnaissante d'avoir exprimé aussi franchement ses émotions, car cela lui avait permis de comprendre un aspect de sa personnalité qui, si elle l'avait compris plus tôt…

Assez ! se sermonna-t-elle. À quoi bon ruminer les regrets, alors que l'avenir s'annonçait peut-être aussi limpide que la mer qui scintillait autour d'eux.

— Comment sais-tu où il faut plonger, si tu n'es jamais venu ? demanda-t-elle d'un ton taquin.

— Je suis les conseils d'Alvaro. Cet endroit est particulièrement intéressant, selon lui.

Après lui avoir décoché un sourire, il sauta dans l'eau.

— Alors, qu'attends-tu ? lui lança-t-il.

À son tour, elle se glissa dans l'eau tiède, qui lui arrivait aux cuisses. Santos se pencha de nouveau vers le voilier et sortit leur équipement.

— Je me sens toujours un peu ridicule avec tout cet attirail, avoua Mia quand elle eut enfilé masque, tuba et palmes.

— Ce n'est pas qu'une impression. Je te confirme que tu as aussi *l'air* ridicule.

La bonne humeur de Santos lui réchauffait le cœur. Même si elle lui rappelait par contraste qu'il avait eu l'air aussi malheureux qu'elle, à Séville. Et si c'était cette troublante similarité qui avait été la source de leurs problèmes, plutôt que leurs différences ? Cette idée étrange se formait dans sa tête tandis qu'elle repensait aux révélations de son mari, quelques minutes auparavant. Jamais jusqu'alors elle n'avait soupçonné que ses responsabilités lui pesaient parfois, au point qu'il éprouvait le besoin de s'évader.

Cela changeait-il quelque chose ? Elle l'ignorait. Mais le fait est qu'elle distinguait maintenant les deux faces de la personnalité de Santos. Celle de l'homme insouciant qui faisait de la plongée avec elle en ce moment, qui ressemblait à celui qu'elle avait rencontré au Portugal. L'autre, celui qu'elle avait découvert à Séville, était distant, taciturne, même avant que survienne leur désaccord à propos de l'opportunité d'une grossesse à ce stade de leur relation.

La désapprobation, voire la déception qu'elle avait l'impression de sentir chez lui avait ravivé les appréhensions et les doutes hérités de son enfance, quand l'attitude de sa mère lui faisait comprendre qu'elle était indigne d'être aimée.

Toutefois, depuis qu'il était venu la chercher à Ibiza, elle ne s'était pas laissé entraîner dans ces vieux schémas de pensée toxique qui la faisaient ne se sentir nulle part à sa place. Aussi, se promettait-elle de ne pas retomber dans ce piège, une fois de retour à Séville. S'ils retournaient à Séville.

— Prête pour le grand plongeon ? demanda Santos.

Résolue à ne pas laisser ses craintes lui gâcher ces moments merveilleux, elle acquiesça, avant de plonger dans l'eau cristalline.

Côte à côte, ils explorèrent les fonds sous-marins. Ils croisèrent d'abord un banc de minuscules poissons bleus qui faisait songer à un nuage se déplaçant dans l'eau. Tandis qu'ils avançaient à coups de palmes, ils se tapaient régulièrement sur l'épaule pour se montrer leurs découvertes. Santos lui désigna même une pieuvre, au loin, qui flottait avec la grâce d'une ballerine.

Au bout d'une heure environ, quand il lui demanda si elle était d'accord pour s'arrêter et aller pique-niquer sur la plage, elle accepta volontiers, car elle commençait à se sentir fatiguée.

— J'avais oublié à quel point nager pouvait être éreintant, avoua-t-elle tandis qu'ils se dirigeaient vers la plage, leur masque et leurs palmes à la main.

Santos fit un crochet par le voilier pour prendre le panier de pique-nique que Rosita leur avait préparé, avant de la devancer sur la plage où il étala une couverture. Mia sourit en pensant à l'après-midi de rêve qu'ils allaient passer dans ce petit coin de paradis.

— Tu as faim ? demanda-t-il.

À le voir ainsi, des gouttelettes ruisselant sur son torse puissant, ses cheveux mouillés retombant sur son front, elle songea avec un sourire qu'elle l'aurait volontiers dévoré tout cru. Mais d'abord, elle comptait bien se régaler du pique-nique de Rosita.

— Oui… Aïe ! s'écria-t-elle. Je crois que j'ai marché sur quelque chose.

La douleur, d'abord fulgurante, se mit à palpiter dans son pied. Blême d'inquiétude, Santos s'était précipité dans l'eau.

— Tu penses que tu peux marcher ? demanda-t-il en passant un bras autour de son épaule pour la soutenir.

L'intensité de la douleur lui faisait regretter d'avoir ôté ses palmes avant d'être sortie de l'eau. Mais elle détestait se sentir faible et elle avait l'habitude de se débrouiller seule.

— Je pense… que oui, répondit-elle.

Santos sentit sans doute son hésitation, car il la souleva aussitôt dans ses bras et la porta jusqu'à la plage.

— Santos, je suis sûre que ce n'est rien, protesta-t-elle. Sans doute un galet pointu, ou quelque chose comme ça.

Tout ce qu'elle obtint fut qu'il resserre son étreinte.

— Eh bien, nous allons le vérifier.

Il la déposa sur la couverture et s'agenouilla devant elle. Quand il prit son pied dans ses mains, la douleur était telle qu'elle dut se mordre la lèvre pour ne pas hurler. Son pied qui commençait à gonfler palpitait au rythme de son pouls et il était chaud. Ce n'était certainement pas bon signe.

— Je pense que tu as été piquée par un oursin, dit Santos. Cela peut être assez douloureux, mais ce n'est généralement pas très grave. Un peu plus fort qu'une piqûre d'abeille, c'est tout. Toutefois, des épines sont restées plantées dans ton pied, c'est ce qui fait mal. Je peux les retirer, à condition que tu ne bouges pas.

— D'accord, répondit-elle, faisant de son mieux pour paraître courageuse.

Sa mère ne tolérait pas la moindre faiblesse ou le moindre gémissement, et Mia avait toujours veillé à prendre soin d'elle-même et à serrer les dents. C'était un instinct profondément ancré en elle, et pourtant, en ce moment précis, elle ne pouvait nier que la sollicitude de Santos lui apportait un incroyable réconfort.

Il retira quatre épines, chacune provoquant une vive douleur suivie d'un brusque soulagement, et lorsqu'il eut terminé, Mia se laissa retomber sur la couverture.

— Bonté divine ! Je ne veux pas revivre ça.

Elle tenta de rire, dans l'espoir d'alléger l'atmosphère, mais elle n'y parvint qu'à moitié. D'ailleurs, Santos arborait toujours son expression préoccupée.

— Ton pied est très enflé et chaud au toucher. Nous devrions rentrer pour qu'un médecin t'examine.

— Tu disais que c'était à peine plus grave qu'une piqûre d'abeille ! As-tu déjà été piqué par un oursin ?

— Non, admit-il. Mais je n'aime pas l'aspect de ton pied.

Mia haussa les épaules et fit de son mieux pour ne pas grimacer de douleur.

— Je suis sûre que ce n'est rien. Tu verras qu'une fois que nous aurons déjeuné, je pourrai repartir plonger.

Santos acquiesça, mais il ne semblait pas convaincu.

— D'accord, mais si tu as toujours mal après le déjeuner, nous rentrerons.

Toutefois, tandis qu'elle le regardait déballer le contenu du panier, elle sentit le vertige l'envahir. Elle cligna des yeux pour chasser cette sensation désagréable, mais tout autour d'elle semblait vaciller comme dans un rêve. Une forte nausée la gagnait.

Quand Santos se tourna vers elle, elle eut l'impression que son image ondulait devant ses yeux. Puis la plage se mit à onduler dans une impression de film au ralenti. Son pied lui semblait à la fois glacé et chaud, palpitant et engourdi… Que se passait-il ?

Soudain Santos se matérialisa devant elle. Sa vision était de plus en plus floue, mais elle pouvait lire l'inquiétude dans les yeux de son mari. Elle ouvrit la bouche pour parler, mais aucun son ne sortit. Il lâcha le bol de fraises qu'il tenait à la main et un fruit roula vers elle. Elle fixa la fraise comme si c'était son contact avec la réalité, mais la réalité s'estompait peu à peu et elle se sentait si étrange…

— Mia ! s'écria Santos en l'attrapant par les épaules.

Ce fut la dernière chose qu'elle entendit avant de sombrer dans l'inconscience.

12

Le cerveau encore embrumé par un sommeil cotonneux, Mia essaya péniblement de soulever les paupières. Où était-elle ? Pourquoi son corps lui paraissait-il lourd comme du plomb ? Elle devina qu'elle était allongée dans un lit, dont les draps rêches grattaient. Elle percevait un bip persistant à une faible distance et quand elle réussit enfin à ouvrir les yeux, les formes et les couleurs autour d'elle se clarifièrent lentement. Elle découvrit qu'elle se trouvait dans une chambre d'hôpital.

Par la fenêtre, elle apercevait le ciel bleu. Le bip provenait d'une machine placée à la tête du lit, et à côté de cette machine, affaissé dans un fauteuil en faux cuir, elle vit Santos. La tête appuyée sur sa main, il semblait s'être endormi sans s'en rendre compte. Il avait l'air exténué ; ses vêtements étaient froissés, ses cheveux en désordre et sa barbe n'était pas aussi impeccablement taillée que d'habitude.

Elle avait dû faire du bruit, car il se réveilla presque immédiatement. Il parcourut d'abord la chambre du regard, comme désorienté, avant de se redresser.

— Mia... Oh ! seigneur, Mia !

— Quoi ? Que s'est-il passé ? demanda-t-elle, d'une voix cassée qu'elle ne reconnut pas.

À sa grande surprise, les yeux de son mari s'emplirent de larmes et pendant un instant il parut seulement capable de prendre ses mains dans les siennes et d'incliner la tête, comme s'il priait. Quand ses épaules se mirent à trembler, elle comprit qu'il était en train de pleurer.

Pour elle !

Il devait être la première personne qui ait jamais versé une larme pour elle ! Cette pensée l'émut profondément, mais en même temps, elle détestait le voir triste.

— Santos... Ne t'inquiète pas, je vais bien. Mais dis-moi ce qui s'est passé.

Elle se racla la gorge dans l'espoir de retrouver sa voix normale, au lieu de cette crécelle qui lui cassait les oreilles.

— Mais avant, puis-je avoir un peu d'eau, s'il te plaît ?

— Bien sûr, dit-il en s'essuyant les yeux.

Il se leva et remplit un verre à la carafe posée sur la table de chevet. Quand elle voulut le saisir, elle constata avec désarroi qu'elle était trop faible pour le tenir. Que lui était-il donc arrivé ? Elle ne se souvenait de rien.

Santos prit le verre et le porta à ses lèvres. Avec son aide, elle put boire quelques gorgées. Une fois hydratée, elle se sentit un peu mieux et elle se laissa retomber contre les oreillers. Santos se rassit dans le fauteuil et joignit les mains sur ses genoux.

— J'ai eu tellement peur que tu meures, chuchota-t-il enfin.

Qu'elle meure ? Il exagérait sûrement. Elle se rappelait avoir marché sur un oursin, puis elle s'était évanouie, puis plus rien. Santos avait dû la ramener sur l'île pour la conduire à l'hôpital. Mais l'idée qu'elle avait été en danger de mort lui paraissait extravagante.

— Santos, murmure-t-elle, perturbée malgré elle par l'expression tourmentée de son compagnon. Dis-moi ce qui s'est passé.

— Les médecins pensent que tu as fait une grave réaction allergique à la piqûre d'oursin. C'est rarissime, mais quand ça se produit, ça peut être très grave. Tu as perdu connaissance sur la plage, je t'ai tout de suite portée jusqu'au bateau et j'ai mis le cap sur Katapola, qui était le village le plus proche. J'avais appelé l'hôpital et une ambulance nous y attendait.

Elle prit enfin conscience qu'il ne plaisantait pas et les mots lui manquèrent.

— Tu n'as pas repris conscience une seule fois en quarante-huit heures. À un moment donné, les médecins ont même cru que tu ne te réveillerais pas. Ce type d'allergie peut parfois être... fatale.

Sa voix s'étrangla sur ce dernier mot, trahissant l'angoisse terrible qu'il avait vécue. Et la profondeur des sentiments qu'il devait éprouver pour elle, si l'idée de la perdre l'avait à ce point bouleversé. Face à ce désarroi, elle se sentit impuissante.

— Santos, je suis vraiment désolée, murmura-t-elle en prenant sa main masculine dans la sienne.

Comme s'il avait reçu une décharge électrique, il se leva brusquement et se dirigea vers la fenêtre. Passant nerveusement une main dans ses cheveux, il lui tournait obstinément le dos. Cette réaction incompréhensible éveilla en elle le souvenir de sa mère qui, quand elle était enfant, lui reprochait plus ou moins ouvertement de tomber malade. Comme si le fait de devoir veiller sur sa fille, de s'inquiéter pour elle, brimait sa propre liberté.

Par un vieux réflexe, elle se sentit coupable de causer des soucis à Santos.

— Je suis désolée, répéta-t-elle, la voix étouffée.

Santos pivota sur lui-même et lui fit face.

— Que racontes-tu, Mia ? s'exclama-t-il, visiblement consterné. C'est moi qui suis désolé... Tellement désolé.

Stupéfaite, elle ne put que balbutier :

— Mais... Pourquoi ?

— Parce que j'aurais dû penser qu'il risquait d'y avoir des oursins... J'aurais dû appeler les secours tout de suite. J'aurais dû faire en sorte que cela n'arrive pas. J'aurais dû te protéger.

Elle réalisa qu'il ne songeait pas un instant à lui reprocher cet accident. Pourtant, à cause de son histoire familiale, elle avait été encline à le penser. *Tout comme elle avait pensé qu'il lui en voulait, après sa fausse couche...*

Et si elle s'était trompée sur les sentiments de son mari, depuis le début ? Cette pensée troublante l'emplit malgré elle d'espoir.

Bien que soulagé de la voir enfin se réveiller, Santos n'arrivait pas à chasser le sentiment de culpabilité qui le rongeait depuis deux jours. Que n'aurait-il donné pour pouvoir remonter le temps et empêcher Mia de marcher sur cet oursin ! Il revivait inlassablement ces moments effroyables où il avait tenté en vain de lui faire reprendre connaissance et la suppliait de se réveiller.

Dans son esprit, il s'était revu dans l'orangeraie, quand son père avait été terrassé par un infarctus. Là aussi, Santos avait été seul auprès de lui et il avait pratiqué un massage cardiaque, sans succès.

Sur la plage, il avait craint de perdre Mia comme il avait perdu son père, comme ils avaient perdu leur bébé... et il avait su qu'il ne se remettrait pas de la perte d'un autre être cher.

— Santos, ce n'était pas ta faute.

— J'aurais pu l'éviter, insista-t-il.

Mia pousse un soupir d'exaspération.

— Comment ?

— J'aurais dû vérifier le rivage, te dire de garder tes palmes, choisir un autre endroit. Je savais qu'il y avait des oursins dans ces eaux, et je ne t'ai même pas prévenue.

Comment avait-il pu être aussi négligent ? Il connaissait la réponse : parce qu'il était incroyablement *heureux*. Son bonheur lui avait fait oublier sa prudence et son sens des responsabilités. Il n'avait pas voulu s'encombrer de préoccupations qui auraient gâché leur insouciance.

— C'était un accident, reprit Mia. Tu as dit toi-même que ce type de réaction allergique était très rare. Et je vais bien maintenant.

— Oui, mais...

Sa gorge se noua sous le coup d'une émotion violente. Comment lui expliquer ce qu'il avait ressenti quand elle gisait, inanimée, dans ses bras ? Il lui avait avoué qu'il l'aimait, à Barcelone, mais ce n'étaient que des mots. Quand il avait tenu contre lui son corps alourdi par l'inconscience, ce qu'il avait ressenti était concret. Alors qu'il pensait la perdre, il avait réalisé ce qu'aimer signifiait vraiment.

— Santos, s'il te plaît, viens t'asseoir près de moi, le supplia-t-elle, visiblement bouleversée par son attitude incohérente. Ce n'est pas simplement cette piqûre d'oursin qui te met dans cet état, n'est-ce pas ?

Effectivement. Mais saurait-il aller à l'encontre de son éducation, qui lui avait appris qu'un homme ne devait jamais se laisser guider par ses émotions, pas plus qu'il ne devait les exprimer ? À contrecœur, il retourna s'asseoir dans le fauteuil près du lit. Il prit la main qu'elle lui tendait, heureux de ce contact, même s'il redoutait ce qui allait suivre.

— Je regrette de t'avoir laissée seule dans la chambre d'hôpital... après la fausse couche, commença-t-il d'une voix basse, le regard fixé sur leurs mains jointes. Tu as dû gérer tout ça toute seule. Je m'en veux d'avoir été aussi cruel.

Elle resta silencieuse un long moment, et il se força à lever les yeux vers elle. Était-elle en colère contre lui ? Souffrait-elle autant que lui à l'évocation de ces souvenirs ?

— Tu étais bouleversé, dit-elle enfin. Et en colère.

— Mia, je n'étais pas en colère.

Mais il ne pouvait nier qu'il l'avait laissée le croire, parce que cela correspondait à l'image qu'il avait de lui-même : un homme fort, que rien ne pouvait atteindre.

— Bien sûr que tu l'étais, Santos... Au moins quand je t'ai avoué que je... ne me sentais pas prête.

Une note d'exaspération mêlée de tristesse pointait dans son ton.

— J'en ai souffert, effectivement.

Cet aveu lui avait coûté, car il n'avait pas l'habitude de décrire ce qu'il pouvait ressentir. Le premier moment difficile passé, la suite fut plus facile, même si cette confession le mettait mal à l'aise.

— Je voulais tellement que tu partages mon envie d'avoir cet enfant, de former une famille, poursuivit-il.

Mia le fixa un long moment, les sourcils toujours froncés, bien que son expression soit devenue pensive.

— Je peux le comprendre, dit-elle d'un ton calme, après avoir soupesé longuement ses paroles. Je sais aussi que ma réaction t'a choqué. Nous aurions dû en parler plus sérieusement, mais nous n'avons malheureusement pas eu l'occasion... Mais... Tu ne m'en veux vraiment pas... pour la fausse couche ?

Pour qu'elle revienne sans cesse sur ce point, c'est qu'il représentait sans doute l'une de ses pires craintes. Ce constat ne fit qu'accroître son propre sentiment de culpabilité de n'avoir pas deviné les affres qu'elle aussi traversait.

— Mia, je t'assure que, quoi que tu puisses penser de mon attitude à cette époque, je ne t'en ai jamais voulu pour ça. Je te le jure sur ma vie. Je m'en voulais surtout à moi-même.

Comment un homme avec sa force de caractère, avec son sens des responsabilités, n'avait-il pas réussi à empêcher ce drame ? Pourquoi n'avait-il pas su protéger sa femme et son enfant ? Voilà ce qu'il avait pensé, malgré les paroles du médecin qui lui avait expliqué qu'une fausse couche faisait malheureusement partie des choses de la vie.

De nouveau, il réalisa la complexité de l'âme humaine. Mia n'avait pas désiré leur bébé, mais elle avait pleuré sa perte.

Lui-même avait beau savoir qu'une fausse couche était une fatalité, il s'en était voulu comme s'il avait pu l'empêcher. La vie – et l'amour – étaient vraiment compliqués.

— Tu veux dire que, comme pour l'oursin, tu t'en es voulu ?

— Oui. Mais ce n'est pas tout. Il faut que je te dise...

Il déglutit péniblement pour chasser la boule qui lui nouait la gorge.

— Je ne t'ai jamais raconté les circonstances de la mort de mon père.

En effet, il l'avait mentionné en passant, lui assurant, comme il le faisait toujours, qu'il était passé à autre chose.

— Tu m'as dit qu'il avait succombé à une crise cardiaque...

— C'est arrivé alors que nous nous promenions parmi les orangers. Il voulait inspecter les arbres parce qu'il s'inquiétait d'une maladie, une bactérie, qui faisait des ravages à l'époque. J'estimais qu'il se faisait du souci pour rien, car notre fortune repose essentiellement sur des investissements et de l'immobilier, mais les orangeraies et les oliveraies lui tenaient vraiment à cœur. Il faisait corps avec le domaine. Il était terriblement anxieux, et quand il a décelé une trace de la bactérie sur un arbre, il a porté la main à sa poitrine, et il s'est écroulé par terre. C'est arrivé en quelques secondes. Nous étions trop loin de la maison pour que je puisse aller chercher de l'aide. Alors je lui ai fait un massage cardiaque. Pendant une seconde, j'ai cru qu'il allait réagir. Ses yeux se sont fixés sur moi... comme s'il voulait me parler... mais il n'y est pas arrivé.

Son récit lui faisait revivre ces moments terribles, la panique, la peur viscérale, l'espoir vite anéanti...

— Je n'ai pas pu le sauver, bien sûr, conclut-il sans ambages. Il est mort dans mes bras quelques minutes plus tard.

— Santos ! s'exclama Mia en serrant plus fort ses mains entre les siennes. Je suis vraiment, vraiment désolée.

— Mais ce n'est pas tout. Quand tu as perdu le bébé, tous ces souvenirs que j'avais refoulés me sont brutalement revenus en mémoire. J'étais incapable de penser ou de respirer. J'ai revécu les mêmes moments de panique, puis d'espoir et enfin, de chagrin.

À travers les larmes retenues qui embrumaient ses yeux à cette évocation, il vit que Mia pleurait silencieusement.

— C'est comme si j'étais tombé dans un immense trou noir, et j'ai pratiquement oublié tout ce qui s'est passé, avoua-t-il. Je ne dis pas cela pour me trouver des excuses, Mia. Mais c'est ce que je ressentais. Pas de la colère, mais du chagrin.

— Oh ! Santos ! s'exclama-t-elle, visiblement bouleversée. Merci de m'avoir raconté tout cela. Mais j'aurais aimé… Je regrette que tu ne me l'aies pas dit plus tôt. Pendant les semaines qui ont suivi, j'ai cru que tu ne supportais même plus de me regarder… Pourquoi ne m'as-tu pas expliqué ce que tu ressentais à ce moment-là ?

— Je suis désolé. Je sais que j'aurais dû te le dire, mais j'étais comme tétanisé. Et tu as raison, j'étais en colère contre toi, d'une certaine manière, ajouta-t-il, sachant qu'il devait être complètement honnête. Mais seulement parce que c'était plus facile que de faire face à mes propres émotions. Et quand tu t'es enfuie, c'est devenu encore plus facile d'être en colère contre toi.

— Alors pourquoi t'es-tu lancé à ma poursuite ? Par fierté ?

Cette accusation injuste lui fut insupportable. Il se souvenait encore de la douleur qui lui avait serré le cœur quand il avait découvert qu'elle était partie. Il avait eu l'impression d'avoir perdu une partie de lui-même.

— Cela n'avait rien à voir avec la fierté, dit-il. J'étais désespéré parce que tu me manquais, Mia. Et… l'homme que je suis quand je suis avec toi me manquait. Je voulais redevenir comme avant. Je voulais que tu reviennes. C'est vrai qu'au début, j'étais furieux, et blessé. Plus blessé que je n'aurais voulu l'admettre. Il m'a fallu deux semaines pour me ressaisir et engager un détective privé.

Elle laisse échapper un petit rire.

— Je n'avais aucune idée que quelqu'un était à mes trousses depuis si longtemps.

— Tu es douée pour t'enfuir, fit-il remarquer avec une pointe d'ironie.

Le temps qu'il avait fallu au détective pour la retrouver l'avait même surpris. Près de trois semaines, qui lui avaient paru une éternité.

Une expression qui ressemblait à la mélancolie assombrit le regard de Mia l'espace d'un instant. Mais quand elle parla, sa voix était calme.

— En fait, je me suis enfuie pendant une grande partie de ma vie.

Que voulait-elle dire par là ? Il savait qu'elle n'était jamais restée longtemps au même endroit au cours de son enfance, mais de là à parler de s'enfuir…

— Mais cela n'a plus d'importance maintenant, reprit-elle un peu trop précipitamment. Ce qui compte, c'est que tu m'as retrouvée. Et que moi aussi, d'une certaine manière, je t'ai trouvé. J'ai l'impression de mieux te comprendre, et j'en suis heureuse. Je suis même contente que ce stupide oursin m'ait piqué.

Elle appuya sa boutade d'un sourire, mais il n'eut pas la force de lui répondre. Elle était passée trop près de la mort pour qu'il puisse en plaisanter.

— C'est à l'avenir qu'il faut penser maintenant, dit-elle en lui tendant la main.

Pourquoi eut-il l'impression qu'elle voulait avant tout éviter de parler du passé ? Il décida cependant de ne pas insister. Depuis qu'il l'avait retrouvée, ils avaient déjà partagé tant de choses. Il estimait que l'expérience avait été bénéfique, mais aussi éprouvante. Et à vrai dire, il ne pensait pas avoir la force de poursuivre une discussion aussi personnelle, du moins pour l'instant.

— Oui, pensons à l'avenir, acquiesça-t-il.

Puis il se pencha vers elle pour sceller cette promesse d'un tendre baiser.

13

Cela faisait dix jours – dix merveilleux jours – qu'ils avaient débarqué à Amorgos et Mia aurait voulu que ce séjour idyllique se prolonge indéfiniment. Mais ce vœu était complètement irréaliste, elle le savait. Tôt ou tard, ils devraient rentrer chez eux.

Ce matin, alors qu'elle lisait au soleil dans le jardin, Santos avait disparu dans son bureau pour répondre à des mails. Quand il la rejoignit, trois longues heures plus tard, il arborait un air à la fois penaud et décidé. Il s'assit sur la chaise longue à côté de la sienne en poussant un soupir. Elle devina ce qu'il allait lui annoncer. Leur retour à Séville était inévitable. Cette perspective lui procurait néanmoins une angoisse sourde.

— Tu as réussi à régler tout ce que tu voulais ? lui demanda-t-elle d'un ton qu'elle s'efforça de rendre léger.

— Plus ou moins.

À son regard obstinément fixé au sol, elle devina que c'était plutôt « moins » que « plus ».

— J'ai été absent du bureau pendant plus de deux semaines, reprit-il. Cela ne m'était pas arrivé depuis notre première rencontre… Et même alors, j'étais de retour au travail le quatorzième jour.

Quand il soutint enfin son regard, elle vit avec plaisir que son expression s'était adoucie. Le souvenir qu'il évoquait la fit sourire.

— Nous devions être fous, tu ne penses pas, de nous marier après si peu de temps ?

— Très probablement, mais je ne le regrette pas une seconde.

— Moi non plus, répondit-elle.

Elle était sincère, mais elle ne pouvait s'empêcher d'appréhender les nuages qui allaient inévitablement s'amonceler au-dessus de leur relation. C'était facile d'être amoureux quand on se trouvait seuls au monde sur une île paradisiaque, loin des tracas de la vie quotidienne.

Elle redoutait que, de retour à Séville, leurs anciens problèmes viennent les hanter. Eux-mêmes se comporteraient peut-être différemment… Santos redeviendrait froid et distant, elle-même prompte à se rebeller et à s'enfuir à la première occasion.

— Que cache ce regard sombre ? lui demanda Santos, interrompant sa songerie morose.

— Je suis inquiète à l'idée de rentrer à Séville, avoua-t-elle.

— Ce sera différent cette fois, Mia, je te le promets.

— Cela ne dépend pas seulement de toi, Santos. J'assume ma part de responsabilité dans ce qui s'est passé entre nous. Tu n'es pas le seul à être le produit de ton milieu.

— Que veux-tu dire ?

— Eh bien, ton comportement peut s'expliquer par le poids de ton histoire familiale et par les circonstances particulières de la mort de ton père.

— Et le tien ? Comment l'expliques-tu ?

Mia détestait parler de son passé. Plus que tout, elle détestait la pitié que cette évocation suscitait inévitablement. Mais elle ne pouvait s'en prendre qu'à elle-même, puisqu'elle avait lancé la conversation sur ce sujet. De plus, elle avait apprécié que Santos se confie à elle, ne lui devait-elle pas la pareille ? Qui sait ? Cela lui ferait peut-être du bien.

— Moi aussi, je suis le produit de mon passé. Je t'ai dit que j'avais énormément déménagé quand j'étais petite. Eh bien, ça m'a affectée, comme on peut s'y attendre.

Si elle avait pensé qu'elle s'en tirerait à si bon compte, elle dut déchanter.

— C'est vrai, mais tu ne m'as jamais précisé de quelle façon. À vrai dire, tu m'avais affirmé que cela ne t'avait *pas* affectée. Sur le coup, je ne t'ai pas crue, et je regrette de n'avoir pas insisté. Mais je soupçonne que tu aurais botté en touche. J'espère que ce n'est pas ce que tu vas faire maintenant ?

Elle ne put s'empêcher de sourire. Décidément, il la connaissait bien ! Mais elle avait décidé de lui dire la vérité, même si à l'idée de remuer ces souvenirs qu'elle préférait laisser enfouis au fin fond de sa mémoire, son pouls s'était accéléré. Encouragée par le regard attentif dont il la couvait, elle se lança.

— Ce n'est pas un grand secret, mais je n'aime pas en parler. Tu l'as compris, j'ai connu une enfance plutôt instable. Pas seulement parce que nous changions souvent d'endroit, mais aussi à cause des lieux eux-mêmes où nous vivions. Ma mère était très bohème. Nous nous sommes retrouvées dans des communautés, des fermes collectives, ce genre d'endroits. Certains étaient vraiment cool, à la campagne, avec de grands espaces. D'autres, en revanche… ne l'étaient pas.

Santos se rendait-il compte qu'il avait resserré l'étreinte de ses doigts et que l'inquiétude se lisait sur son visage ?

— Mia, que veux-tu dire ?

— Ces endroits attirent toutes sortes de types, poursuivit-elle.

Elle fit un effort pour empêcher sa voix de chevroter. Elle ne voulait surtout pas qu'il soit désolé pour elle. Quand elle était enfant, sa dignité était parfois tout ce qu'elle possédait, il était hors de question de la perdre maintenant.

— Des toxicomanes, des ivrognes…, des prédateurs.

— *Dios benedito*… Qu'est-ce que tu me dis ?

— Il y a eu quelques situations délicates, dut-elle reconnaître.

Mais cela aurait pu être pire. Je n'ai jamais été... Mais il s'en est fallu de peu. Une ou deux fois, un type m'a coincée dans un endroit isolé pour me dire que j'étais jolie, et essayer de... Eh bien, tu peux imaginer...

Santos étouffa un juron, mais il musela sa fureur pour la laisser poursuivre.

— J'ai pris l'habitude d'être toujours sur mes gardes et de ne jamais faire confiance aux gens. J'ai aussi appris à me rendre invisible, et dès que c'était nécessaire, je m'enfuyais, comme me l'avait appris ma mère.

Santos avait pâli et elle pouvait voir que ses révélations l'avaient terriblement secoué.

— Mia... Seigneur ! N'as-tu jamais rien dit à ta mère ?

— J'ai essayé, au début, mais cela lui était égal. En fait, elle n'avait jamais voulu avoir d'enfant. Du moins, c'est ce qu'elle me répétait. Mais en même temps, elle m'a toujours emmenée partout avec elle. Alors qui sait ? Peut-être se souciait-elle quand même un peu de moi ?

Elle voulut ponctuer sa remarque d'un rire sarcastique, mais ne réussit qu'à produire un son pathétique.

— C'était il y a longtemps et j'ai tourné la page, reprit-elle d'un ton résolu. Si je t'ai raconté cette histoire, c'est pour que tu comprennes comment l'environnement dans lequel j'ai grandi a influencé celle que je suis devenue. Je suis quelqu'un de viscéralement prudent.

Elle se tut, éreintée d'avoir tant parlé et surtout d'un sujet qu'elle n'abordait *jamais*.

— Adulte, j'ai choisi de vivre comme ma mère. Toujours sur la route, insouciante et sans attache. Mais au fond de moi, je cache une personne que je n'ai jamais dévoilée à quiconque, sauf à toi, dans une certaine mesure.

— Et qui est cette personne ? demanda Santos, encore bouleversé par ce qu'elle venait de lui apprendre. En quoi est-elle différente de celle que tu montres au monde ?

Tandis qu'elle le fixait sans le voir de ses grands yeux turquoise aux profondeurs insondables, il nota quelques détails sans importance : son visage trop pâle, quelques mèches qui s'étaient échappées de la tresse auburn qu'elle avait rejetée sur son épaule. Il aurait voulu la prendre dans ses bras et la réconforter, mais son regard perdu dans le vague l'en dissuada. Jamais elle ne lui avait paru aussi fragile. Dire qu'il avait cru qu'elle était profondément insouciante. C'est même cette qualité qui l'avait d'abord attiré chez elle et qui l'avait lui-même aidé à appréhender la vie de façon plus légère. Or si tout cela n'était qu'une comédie, qu'est-ce que cela signifiait pour eux, pour leur relation ?

— Mia ? chuchota-t-il quand son silence finit par l'inquiéter.

Elle retira sa main de la sienne et ramena ses genoux contre sa poitrine en les serrant fort.

— Je ne voulais pas te raconter tout ça, murmura-t-elle en laissant échapper un soupir. Cela doit te sembler bien mélodramatique.

— Tu veux plutôt dire que ton enfance a été dramatique ! corrigea-t-il. Tu as le droit de montrer un peu d'émotion, tu sais ?

Ce conseil paraissait plutôt paradoxal, venant de sa part. N'était-ce pas lui qui veillait toujours à contrôler ses émotions ? Mais Mia l'avait poussé à changer sur ce point. Peut-être qu'il pourrait lui rendre le même service ?

Les yeux toujours fixés droit devant elle, Mia reprit d'une voix si basse qu'il dut se concentrer pour l'entendre :

— Je suis toujours sur mes gardes. Mais attention, si je donne l'impression que je ne me soucie pas de grand-chose, cela ne signifie pas que ce soit le cas. C'est seulement une façon d'éviter de souffrir. Mais au fond, je m'en soucie. Je m'en suis toujours souciée.

— C'est plutôt bien de se soucier des choses, tu ne crois pas, *querida* ?

— Oui, mais ça peut faire très mal.

Il comprit immédiatement qu'elle faisait allusion à sa fausse couche et un remords terrible l'envahit au souvenir de sa propre attitude.

— Mia...

— Santos, il y a autre chose que je dois te dire, l'interrompit-elle. À propos de... à propos du bébé. Si j'étais aussi peu enthousiaste, c'est en partie parce que l'idée d'être mère m'a toujours terrorisée. J'ai peur de tout gâcher. Comment pourrais-je être une bonne mère, avec l'exemple que j'ai eu ?

Elle éclata d'un rire nerveux, qui se brisa. Santos n'y tint plus, il l'attira contre lui. Il avait *besoin* de la serrer dans ses bras.

— Mia, qu'est-ce que tu racontes ? Je suis persuadé que tu feras une excellente mère. Tu as tellement d'amour à donner ! Tu n'as pas eu l'occasion, c'est tout.

Il imaginait parfaitement son expression émerveillée et débordante d'amour pour leur bébé qu'elle tiendrait un jour dans ses bras.

— Mais j'ai le don de tout gâcher, murmura-t-elle. Et quand les choses se compliquent, quand je sens que je risque de souffrir, alors je m'enfuis. C'est ce que j'ai toujours fait, Santos.

Elle se dégagea pour le regarder, son expression était devenue sérieuse, presque craintive.

— J'ai toujours agi ainsi, quand j'étais enfant et depuis que je suis adulte. Je ne sais peut-être pas faire autrement.

— Si j'ai pu changer..., dit-il après un instant de réflexion. Si j'ai fini par devenir cet homme sensible, qui porte ses émotions en écharpe...

Elle ne put retenir un petit rire qui le réconforta un peu.

— Alors toi aussi tu peux changer. Tu apprendras à arrêter de fuir. À rester auprès de moi et à me faire confiance. Parce que je te jure, Mia, sur ma vie, que je ne te laisserai pas tomber. Pas cette fois. Ni jamais.

Une tendresse infinie éclairait son visage délicat quand elle effleura sa joue d'une caresse.

— Je ne crains pas que tu me laisses tomber, Santos. Ce dont je doute, en revanche, c'est de l'avenir de notre couple sur le long terme. Je t'assure que j'aimerais y croire, mais... Mais je pense que je ne trouverai jamais grâce aux yeux de ta mère, conclut-elle après une longue hésitation.

Sur ces mots, elle se dégagea de l'étreinte de ses bras. Devinant qu'elle avait besoin d'un peu d'air, il ne tenta pas de la retenir. Il ne pouvait cependant pas croire que ce point la tracassait réellement.

— Ma mère finira par se faire à l'idée, dit-il.

Il ne pouvait pas croire que c'était tout ce qui la dérangeait. Certes, sa mère était dotée d'un fort caractère, mais elle était un être humain comme un autre. L'inquiétude de la jeune femme devait avoir une cause plus profonde.

— Peut-être, admit-elle en poussant un soupir dubitatif. Mais qu'en est-il de tous les autres ? Et de toi..., une fois que l'effet de nouveauté se sera dissipé ?

Cette fois, elle exagérait, et il eut du mal à ne pas se sentir offensé. Le jugeait-elle donc à ce point superficiel ?

— Tu penses vraiment que je me lasserai de toi ?

— Pourquoi pas ? répliqua-t-elle, avant d'ajouter : En vérité, je n'en sais rien. Tout ceci est encore tellement nouveau. Les quinze jours que nous venons de passer ensemble étaient fabuleux, mais tu sais comme moi que ce n'était pas la vraie vie. Quand nous serons rentrés à Séville, mes lacunes seront toujours aussi criantes. Et je ne parle pas seulement du maniement de l'argenterie.

— De quoi parles-tu, alors ? demanda-t-il, déterminé à aller au fond des choses.

Son expression se teinta d'une nuance de nostalgie quand elle parcourut le jardin du regard avant de répondre.

— De tout. Ton monde n'est pas le mien, Santos, et je ne suis toujours pas certaine d'y avoir ma place. De plus, je refuse d'être un problème que tu dois résoudre. Un nouveau fardeau que tu devras porter. Une de ces responsabilités que tu viendras oublier ici.

Il eut l'impression désagréable qu'elle retournait ses confidences contre lui, mais il étouffa dans l'œuf le sentiment de trahison qu'il éprouva brièvement. *Un Aguila reste toujours maître de ses émotions.* Ce principe qu'on lui avait inculqué depuis son plus jeune âge prenait soudain une signification nouvelle. Il ne voulait pas que Mia s'inquiète pour lui, ni qu'elle pense qu'elle pourrait représenter un fardeau pour lui.

— Ce n'est pas ainsi que je conçois le mariage, ajouta-t-elle d'une voix à peine audible.

— Et moi non plus, approuva-t-il. Une relation n'est jamais à sens unique ! Pourquoi ne nous sentirions-nous pas responsables l'un de l'autre ?

— Comment cela fonctionnerait-il ? demanda-t-elle, surprise par sa proposition.

Il ne put retenir un soupir d'exaspération devant tant de mauvaise volonté.

— Je n'en sais fichtre rien, Mia, et toi non plus. Nous ne le saurons pas tant que nous n'aurons pas essayé. À quoi bon discuter, argumenter et tergiverser ! Tôt ou tard, il faudra bien se jeter à l'eau !

Il s'interrompit une seconde pour laisser ses paroles infuser, avant d'ajouter d'un ton plus déterminé :

— De plus, je *dois* rentrer à Séville. Je dois retourner au travail, parce que, comme tu l'as dit toi-même, la vie que nous menons ici n'est pas la vraie vie.

Il était conscient du ton autoritaire qu'il avait adopté, mais les tergiversations de Mia l'avaient poussé à bout. Il s'était plié en quatre pour lui montrer qu'il était digne de confiance. La balle était dans son camp : à elle maintenant de la lui accorder.

Visiblement surprise par sa véhémence, Mia le fixa un long moment. Refusant de se laisser attendrir par son expression résignée, il lui répondit par un regard obstiné. Il n'allait pas la supplier de revenir avec lui. Pas cette fois-ci. Il lui avait donné des gages de sa bonne foi. À elle maintenant de faire le pas suivant, pour leur bien commun.

— D'accord, dit-elle finalement. Quand partons-nous ?

La tristesse qui perçait sous ses mots le contraria et le blessa, mais déterminé à aller de l'avant, il étouffa ces émotions.

14

La façade ocre de la vénérable demeure qui avait abrité des générations de Aguila se dressa devant eux tandis que le SUV franchissait les lourdes grilles de fer forgé. Le moment que Mia avait appréhendé était arrivé. Santos dut percevoir sa nervosité, car il pressa doucement sa main dans la sienne pour la rassurer.

Après trois jours de navigation, ils avaient accosté à Cadix, le port d'attache du yacht de Santos. Là, deux voitures les attendaient pour conduire tout le monde au domaine, car le personnel de la villa, ainsi que Ronaldo, le garde du corps, rentraient avec eux.

Durant le trajet d'une heure et demie entre le port et l'hacienda, Santos avait entrepris de répondre à ses mails. Il avait également passé plusieurs coups de fil, en espagnol. Son sentiment d'exclusion s'était accentué, car si Mia comprenait cette langue, elle n'était pas encore assez à l'aise pour suivre une conversation, surtout si elle relevait du domaine professionnel. Elle se promit qu'une fois installée à l'hacienda, elle prendrait des cours pour se perfectionner. Ce serait une façon de montrer à Santos qu'elle voulait vraiment donner une chance à leur mariage.

Son malaise grandissant ne provenait pas seulement des souvenirs douloureux liés à la propriété dont ils approchaient inexorablement. En effet, même si leur relation ressortait renforcée de leur « lune de miel », elle se sentait comme l'épouse prodigue, un peu piteuse, ramenée au foyer par son mari après sa fugue.

Et ce n'était pas l'attitude de sa belle-mère qui l'inciterait à penser autrement. Evalina Aguila, le visage fermé, se tenait sur le perron pour les accueillir quand ils descendirent de la voiture. C'était une belle femme, mince et élégante, dont les cheveux noirs, à peine striés d'argent, étaient relevés en un chignon. Elle portait un pantalon crème à la coupe seyante et un chemisier de soie vert amande, ainsi que des boucles d'oreilles et un bracelet, sertis de diamants et d'émeraudes. Elle possédait sans conteste cette classe innée que Mia avait admirée chez tant d'Espagnoles.

Elle-même avait soigné son apparence en prévision de cette rencontre. Elle avait opté pour un pantalon large en lin et un haut bleu vif à bords festonnés, mais elle était consciente qu'elle ne posséderait jamais l'allure de sa belle-mère.

Poussant un soupir résigné, elle se tourna vers Santos et lui adressa un sourire qu'elle espérait radieux.

— Bienvenue à la maison, *querida*.

Elle ne voulut pas doucher son enthousiasme en lui révélant qu'elle n'arrivait pas à considérer le domaine Aguila comme son foyer. Et qu'elle n'était pas sûre d'y parvenir un jour.

Elle prit une profonde inspiration pour s'insuffler le courage de surmonter ses appréhensions et descendit du SUV, dont un employé était venu lui ouvrir la portière. Elle se força à répondre au regard glacial de sa belle-mère par un sourire.

— Bonjour, dit-elle d'un ton enjoué.

Son entrain forcé ne parvint pas à dérider Evalina.

— Bon retour parmi nous, répondit celle-ci dans son anglais au fort accent espagnol.

Les employés alignés dans le hall d'entrée murmurèrent à leur tour des salutations tandis qu'ils suivirent Evalina à l'intérieur. Elle frissonna en passant entre les murs lambrissés de bois sombre, devant les portraits aux mines austères de la galerie des illustres ancêtres. Si elle n'avait pas senti la main rassurante de Santos dans son dos, elle aurait été tentée de s'enfuir en courant. Mais elle avait promis à son mari qu'elle ne s'enfuirait plus.

— J'ai fait servir des tapas et du thé à la menthe dans la cour, annonça Evalina de son ton toujours impérieux. J'ai pensé que vous auriez envie d'un rafraîchissement.

— *Gracias*, *madre*, dit Santos. C'est très gentil.

Ils se dirigèrent vers la cour bordée de colonnades qui occupait le centre de l'édifice. Avec sa fontaine, elle offrait un havre de fraîcheur. La table avait été dressée sous les arcades. Santos tira une chaise pour sa mère, puis pour elle, avant de s'asseoir à son tour. Evalina ne tarda pas à ouvrir les hostilités.

— Vous avez été absente bien longtemps, dit-elle en s'adressant à Mia.

Elle appuya ses paroles d'un sourire qui n'atteignit cependant pas ses yeux.

— Nous sommes restés deux semaines en Grèce, protesta Santos. Ce n'est pas ce que j'appellerais longtemps.

Contrairement à son mari, Mia ne fit pas mine de ne pas comprendre que sa belle-mère faisait allusion à *son* absence.

— C'est vrai, je suis restée absente pendant pratiquement deux mois, dit-elle d'une voix qu'elle s'efforçait de garder agréable.

Au fond, elle trouvait naturel que sa belle-mère lui reproche son départ. À sa place, elle aurait sans doute fait pareil.

— Et où aviez-vous disparu, Mia ?

Elle hésitait sur la réponse, quand Santos passa un bras autour de son épaule.

— Quelle importance, *madre* ? intervint-il d'un ton où

perçait une pointe de réprobation. Puisqu'elle est rentrée à la maison maintenant.

Après une heure qui lui parut interminable, Mia suivit Santos à l'étage, épuisée par la tension qui avait régné autour de la collation.

— Ta mère ne semble pas ravie de me revoir, fit-elle remarquer quand ils furent seuls dans l'escalier.

— Je pense qu'elle était surtout mécontente de te voir partir. Mais ne t'inquiète pas, elle s'y fera.

Il lui avait déjà assuré que sa mère s'habituerait à elle, mais Mia en doutait sérieusement. Se rendait-il seulement compte du dédain avec laquelle Evalina la toisait ?

— Ce n'est pas notre chambre, s'étonna-t-elle quand il l'invita à entrer dans la pièce devant laquelle ils s'étaient arrêtés.

Trop occupée à ressasser son entrevue décourageante avec sa belle-mère, elle n'avait pas remarqué qu'il l'avait entraînée à une autre extrémité de l'hacienda, éloignée de la partie principale où ils logeaient auparavant. Evalina occupait sa propre aile du bâtiment, et celle-ci était située à l'exact opposé.

Étant donné sa situation, la pièce offrait plus d'intimité et d'espace. Par les fenêtres donnant sur l'orangeraie, la lumière éclaboussait les murs clairs.

— J'ai pensé qu'un changement de décor nous ferait du bien, déclara Santos.

Elle devait reconnaître que le contraste était saisissant avec leur ancienne chambre dont les lambris de bois sombre l'oppressaient parfois. Sans parler des portraits des ancêtres qui semblaient vouloir lui rappeler – et peut-être aussi à Santos – les attentes et les responsabilités qui lui incombaient.

— Tu as peut-être raison, répondit-elle en souriant.

Il s'inclina vers elle et déposa un baiser léger sur ses lèvres.

Miraculeusement, ce simple contact lui insuffla un nouvel espoir. Tout irait bien, cette fois-ci, car ils étaient tous les deux déterminés à ce que leur mariage réussisse.

Santos avait remarqué l'anxiété grandissante de Mia depuis qu'ils étaient arrivés à l'hacienda, puis la tension qui avait nimbé le repas avec sa mère. Sentant que la jeune femme était perturbée, il avait voulu la rassurer d'un baiser. Mais dès qu'il posa les lèvres sur sa bouche, ses sens s'enflammèrent et il la plaqua contre lui. Elle s'abandonna avec un soupir langoureux. Tandis qu'elle répondait avec fougue à son baiser, il glissa une main sous son chemisier et savoura la douceur de sa peau tiède contre sa paume. Quand il taquina son mamelon, elle laissa échapper un nouveau gémissement de plaisir.

— Santos, nous ne pouvons pas..., murmura-t-elle contre sa bouche. Ils vont se demander où nous sommes passés.

— Je m'en fiche, répondit-il avec un grognement en parsemant sa gorge de baisers fiévreux. Et toi ?

— Moi aussi.

Les mots moururent sur ses lèvres et elle leva les bras pour lui permettre de lui ôter son chemisier.

Une heure merveilleusement sensuelle s'écoula avant que Santos quitte sa chambre – après s'être douché et changé – pour se rendre dans son bureau. En partant, il avait promis à Mia de lui faire visiter le domaine une fois qu'elle aurait fini de déballer ses affaires. À sa grande consternation, il s'était aperçu qu'il n'avait pas songé à le faire quand il l'avait emmenée ici la première fois. Elle lui avait promis qu'elle le rejoindrait peut-être plus tard.

Sur le chemin du bureau, il repensait à la lueur nostalgique qu'il avait surprise dans le regard de son épouse, et sa détermination à l'aider à trouver sa place dans son monde s'en trouva renforcée. Il fourmillait d'idées pour permettre à Mia de s'épanouir dans sa nouvelle vie. Elle était bienveillante, très à l'aise avec les gens et capable de s'adapter à beaucoup de situations. Pourquoi ne s'occuperait-elle pas de la gestion du personnel ? Ou des réseaux sociaux du domaine ? Sans vouloir lui mettre la pression, il pensait qu'il était important de l'impliquer et qu'elle prenne conscience de son importance. Il décida qu'il lui en parlerait quand il lui ferait visiter les lieux.

Il avait passé une bonne heure à traiter diverses affaires concernant la propriété ou la holding familiale quand on frappa à la porte de son bureau.

— Oui ? s'exclama-t-il un peu brusquement, car il était concentré sur le mail qu'il était en train de lire.

— J'espère que je ne te dérange pas, répondit sa mère d'un ton acerbe en entrant dans son bureau.

— *Madre* !

Il se leva aussitôt, surpris, car elle s'aventurait rarement dans les bureaux qui occupaient le rez-de-chaussée donnant sur l'orangeraie. Elle laissait les affaires concernant la propriété à son mari, et maintenant à son fils.

— Tout va bien ? demanda-t-il.

— C'est à toi de me le dire, *mi hijo*, répondit-elle en haussant un sourcil. Je ne m'attendais pas à ce que tu ramènes ta femme après sa fugue.

Santos prit une profonde inspiration pour garder son calme. Quand il était revenu avec Mia, la première fois, il avait entendu sa mère murmurer – une fois le choc initial passé – une remarque à propos des folies que le grand amour poussait à commettre, mais elle n'avait pas émis d'objections. Il avait néanmoins surpris le mécontentement, voire l'inquiétude, dans chacun de ses regards ou de ses remarques. Persuadé que la situation s'arrangerait avec le temps, il avait préféré ne pas crever l'abcès.

Aujourd'hui, cependant, sa mère avait décidé de se montrer plus directe. Il allait faire de même.

— Pourquoi serais-je allé la chercher, si ce n'était pas pour la ramener ?

— Je pensais que tu avais retrouvé la raison ! Et que tu divorcerais. J'en ai parlé avec Rodrigo. Il pense que le divorce pourrait être obtenu assez rapidement.

En apprenant qu'elle avait discuté de son mariage avec l'avocat de la famille, Santos dut faire un effort surhumain pour ne pas sortir de ses gonds. Sa mère était allée trop loin.

— Je ne veux pas divorcer, *madre*. Mia non plus.

— Et pourtant, elle t'a quitté, rétorqua-t-elle sans ménagement. Santos, comment peux-tu garder la tête haute avec une telle épouse ? Tu imagines tous les commérages qu'elle a provoqués et qu'elle provoquera encore ? Elle fait honte à notre famille !

— Attention, *madre*, n'oublie pas que tu parles de ma femme, dit-il d'un ton lourd de menace.

— Très bien, alors, je vais le dire autrement : *Tu* fais honte à notre famille, en revenant ici avec elle ! Elle n'est pas digne de toi, ni de cet endroit.

Sidéré, Santos réalisa qu'il n'avait pas compris l'ampleur de l'hostilité que sa mère nourrissait à l'égard de Mia. La jeune femme, en revanche, l'avait senti et il n'avait pas voulu la croire quand elle avait essayé de le lui dire.

— *Madre*, comment peux-tu dire des horreurs pareilles ? Tu ne la connais pas...

— Et je ne veux pas la connaître, s'emporta sa mère. Elle t'a abandonné, Santos !

La rage se disputait à la stupéfaction en lui. Les paroles de sa mère l'atterraient. Il avait toujours pensé qu'elle était une femme raisonnable, incapable de se laisser submerger par ses émotions, et surtout pas des émotions aussi extrêmes.

— Mia avait ses raisons pour partir...

— Et toi, tu avais une seule raison pour rester marié, c'était le bébé. Je considère cette fausse couche comme un don du ciel.

Le sang de Santos se glaça dans ses veines.

— Je t'interdis de parler ainsi de mon enfant, dit-il, la mâchoire serrée à lui faire mal.

La détresse tordait les traits de sa mère quand elle tendit les mains vers lui en un geste de supplication.

— Santos, comprends-moi, je veux seulement ce qu'il y a de mieux pour toi, pour notre famille, et... cette croqueuse de diamants ne te mérite pas, j'en suis persuadée.

— Comment oses-tu l'accuser d'être intéressée, alors qu'elle est partie en laissant tous les vêtements et les bijoux que je lui avais achetés ?

Sa mère balaya son argument d'un haussement d'épaules dédaigneux.

— Vous n'aviez pas signé de contrat de mariage, elle comptait sans doute sur la grosse somme qu'elle recevrait dans le cadre du divorce.

— Comment expliques-tu, alors, qu'elle soit revenue avec moi ?

— Elle ne t'a jamais proposé de divorcer ? Je suis sûre que oui. Elle est intelligente, mais je vois clair dans son jeu.

Cette pique le laissa un instant songeur, car Mia avait effectivement évoqué le divorce quand il l'avait retrouvée. Elle n'avait toutefois pas réclamé d'argent. Le persiflage de sa mère insinua cependant un doute en lui, qu'il voulut à tout prix étouffer. Il aimait Mia ! Et elle l'aimait.

Mais elle n'avait jamais prononcé ces mots. Lui seul l'avait fait, à plusieurs occasions. Chaque fois, elle lui répondait par un baiser, ou un sourire, mais les trois petits mots n'avaient jamais franchi ses lèvres.

Quand cette réalité le frappa brutalement, il pivota sur lui-même et tourna le dos à sa mère. Il ne voulait pas qu'elle devine les tourments qui l'avaient assailli. Mais il se ressaisit presque aussitôt, déterminé à chasser les doutes et à faire confiance à son amour pour Mia… Cet amour qu'il savait partagé, même si elle ne le lui avait pas dit.

— Tu as une réputation et un nom à honorer, reprit sa mère d'une voix qui s'était radoucie. Je sais que tu n'étais pas amoureux d'Isabella Ruiz, même si elle était celle que ton père voulait que tu épouses. Mais tu rencontreras une autre femme, une femme de notre milieu. Elle comprendra ce que tes responsabilités représentent pour toi et elle fera honneur au nom d'Aguila. Ton mariage était une erreur commise sous le coup de la passion. Je peux le comprendre. Tu ne seras pas le premier homme à perdre la tête pour de jolis yeux. Il y a moins de honte à ça que de rester avec une femme qui n'est pas faite pour toi.

Abasourdi par le mépris que sa mère vouait à Mia, Santos resta silencieux pendant un long moment. Il n'était pas sûr qu'elle pourrait accepter un jour Mia. Mais si ce constat le navrait, la désapprobation de sa mère ne le ferait pas renoncer à l'amour qu'il éprouvait pour sa femme.

— *Madre*…

— Je t'en prie, le supplia-t-elle en lui pressant l'épaule. N'oublie pas que tu es le chef de cette famille et pense à la mémoire de ton père. Je te demande d'agir avec le sang-froid et la raison que je te connais, pas sous le coup de la colère ou de la passion.

— Et que suis-je censé faire ? demanda-t-il en faisant de son mieux pour masquer l'émotion qui lui nouait la gorge. Tu veux que je divorce de ma femme ?

— Oui, répondit-elle sans hésiter. Ce sera facile. Rodrigo a déjà préparé les papiers.

Sa mère était allée jusqu'à planifier son divorce avec leur avocat ! Comment en était-elle arrivée là ? Il repensa à son rôle de chef de famille, aux attentes de sa mère, mais aussi de toute leur famille élargie, à celles de ses employés, puis au fait que

Mia ne s'était jamais sentie chez elle ici. Ce n'était pas étonnant, si elle s'était retrouvée confrontée à cette désapprobation.

Avait-il le droit de lui infliger cela ?

Il considéra la situation sous un autre angle. S'ils divorçaient, peut-être qu'à long terme, la vie serait plus facile. Pas pour lui, mais pour Mia.

Cette pensée lui serra douloureusement le cœur. Mais au milieu de son hébétude, une certitude s'éveilla, l'envahit, l'arracha à sa stupeur et lui éclaircit l'esprit.

— *Madre*..., commença-t-il.

Il s'interrompit quand il entendit un son près de la porte du bureau. Il comprit que c'était un sanglot étouffé. Puis il perçut le bruit léger de pas qui s'éloignaient, et une porte qui s'ouvrait d'un coup sec.

Atterré, il se rendit compte que Mia avait dû entendre leur conversation. Même s'ils avaient parlé en espagnol, il craignait qu'elle en ait compris la teneur.

15

Les paroles terribles de la mère de Santos – ainsi que les réponses prudentes de son mari – résonnaient dans l'esprit de Mia tandis qu'elle s'enfuyait comme si le diable était à ses trousses. Elle avait promis d'essayer de ne plus fuir, mais comment pourrait-elle rester ici, où elle n'était de toute évidence pas la bienvenue ?

Étouffant les sanglots qui lui brûlaient la gorge, elle retourna en courant dans la chambre, où quelques heures auparavant, ils avaient fait l'amour. Ce moment, pourtant si proche, lui paraissait maintenant appartenir à une autre vie.

Dire qu'elle était allée rejoindre Santos pour lui demander de lui faire visiter l'oliveraie. Elle voulait l'entendre lui parler du domaine qui lui tenait tellement à cœur. Elle voulait lui montrer qu'elle était prête à faire des efforts pour s'intégrer à son monde. Mais, après la conversation qu'elle avait surprise, elle ne souhaitait plus en faire partie.

Elle parcourut la chambre du regard. Elle ne s'était jamais sentie chez elle dans cette maison et elle réalisa avec une pointe d'effroi qu'ils n'avaient été réellement heureux que lorsqu'ils avaient été seuls dans leur petite bulle. Leur couple volait en éclat dès qu'ils étaient confrontés à la réalité. Santos avait dû s'en rendre compte comme elle. Elle en voulait pour preuve qu'il n'avait pas contredit sa mère. L'idée d'un divorce ne l'avait pas scandalisé. Tout au plus, cette perspective l'avait laissé songeur.

Cette prudence ressemblait d'ailleurs davantage à son caractère que ce mariage sur un coup de tête. Envisageait-il sérieusement de divorcer ? Quoi qu'il en soit, elle n'allait pas rester là les bras croisés en attendant qu'il vienne lui annoncer sa décision.

Son regard tomba sur son vieux sac à dos, posé près des valises que Santos avait achetées à Barcelone pour contenir ses nouveaux vêtements. Dans cet environnement luxueux, cet objet dérisoire lui apparut comme le seul qui lui ressemblait vraiment.

Elle l'attrapa et dès qu'elle eut glissé une bretelle sur son épaule, elle éprouva le sentiment rassurant d'être *chez elle*. Avec ce sac pour unique bagage, en route vers un nouvel endroit... N'était-ce pas la vie qu'elle avait toujours connue ?

Mais quand elle se tourna pour sortir, son regard tomba sur le lit, et cette vue la plongea pendant quelques secondes dans une sorte de rêverie. Elle se vit allongée à côté de Santos, leurs membres tendrement entremêlés. La tête reposant sur le torse puissant de son mari, elle regardait le ciel bleu par la fenêtre et elle avait l'impression que tout était possible. Puis elle se vit assise dans la méridienne, Santos agenouillé à côté d'elle, tandis qu'ils contemplaient, émerveillés, leur bébé qu'elle tenait dans ses bras.

Mais si elle s'enfuyait, rien de tout cela n'arriverait jamais. Elle continuerait à vivre comme elle avait toujours vécu, et son bref mariage n'aurait été qu'une parenthèse, un accident de parcours. Était-ce cela qu'elle voulait vraiment ? Était-ce cela que Santos voulait qu'elle fasse ? Sans doute. Sinon, n'aurait-il pas dit à sa mère qu'il aimait Mia et qu'il voulait rester avec elle ?

Comment leur couple pourrait-il survivre à leurs incertitudes et leurs doutes respectifs ? De nouveau, elle contempla la chambre et le mirage du bonheur qui aurait pu être s'évapora devant ses yeux.

Elle remonta son sac sur son épaule et quitta la chambre. Elle descendit l'escalier, traversa le grand hall et sortit de l'hacienda sans que personne ne songe à l'arrêter.

Santos étouffa un juron et se rua vers la porte de son bureau.

— Santos..., commença sa mère.

— C'était sûrement Mia, l'interrompit-il, furieux. Elle a dû entendre notre conversation.

Sa mère surmonta rapidement la brève confusion qu'elle parut ressentir pour afficher un air plein de défi.

— Et alors ?

— Et alors ? Je l'aime, *madre*, répliqua-t-il. Tu ne veux apparemment pas le croire, mais c'est ainsi. Mia est ma femme et je l'aime. J'aime l'homme qu'elle a fait de moi et je veux passer le reste de ma vie avec elle. C'est pourquoi je te serais reconnaissant de parler d'elle avec respect, parce qu'elle porte le nom d'Aguila et que j'en suis honoré.

Il éprouva une délectation mesquine à voir le visage de sa mère se décomposer.

— Enfin, si tu ne te sens pas capable de l'accueillir comme elle le mérite chez moi, tu devras envisager de t'installer dans une autre de mes propriétés, conclut-il sèchement.

Sans attendre sa réponse, il sortit en trombe du bureau.

Mia devait être dévastée, songeait-il en se dirigeant vers le bâtiment principal, l'esprit en ébullition. Il pressa le pas, car il redoutait qu'elle réagisse comme elle l'avait fait tout au long de sa vie : en s'enfuyant. Mais en même temps, il voulait se persuader qu'elle n'en ferait rien, car ils avaient tous les deux changé.

Quand il ouvrit la porte de leur chambre, cependant, il sut

immédiatement qu'elle était partie. Il l'avait même deviné avant, dans le sentiment de vide qu'il avait ressenti en traversant la maison.

Ce départ réveillait le souvenir douloureux de sa fugue précédente. Cette fois encore, elle n'avait pas daigné le prévenir. Ne représentait-il donc rien aux yeux de la jeune femme ? Si elle l'aimait, l'aurait-elle quitté ainsi, sans une explication ?

Il réalisa soudain que le vieux sac à dos avait disparu et que ses valises étaient intactes. La tenue qu'elle portait quand ils étaient arrivés à l'hacienda était jetée sur le lit défait.

Il cligna des yeux pour chasser les larmes de désespoir qui lui picotaient les paupières. À sa douleur se mêlait une rage sourde. Il venait de passer trois semaines à lui prouver par tous les moyens qu'elle pouvait lui faire confiance. Pourquoi continuait-elle à se méfier de lui ? Il se sentait profondément trahi parce qu'elle ne l'avait pas attendu pour lui permettre de s'expliquer.

Mais que lui aurait-il dit ? Désarçonné par l'hostilité et la détermination de sa mère, il ne pouvait nier qu'il avait douté, ne serait-ce que brièvement...

Cependant, en s'enfuyant comme elle l'avait fait, Mia n'avait-elle pas justifié ces doutes ? Avait-elle oublié qu'ils s'étaient promis de faire des efforts – tous les deux – pour que leur mariage fonctionne ? Or elle avait rompu cette promesse. Essayait-elle de lui signifier par là qu'elle voulait le divorce ? Cette idée l'accablait complètement, mais si c'était le souhait de la jeune femme, il appellerait Rodrigo pour qu'il déclenche la procédure au plus tôt.

Désemparé et ne sachant que faire, il quitta la chambre.

Il se rendit compte que le sentiment de vide qu'il avait éprouvé en entrant dans la maison venait en fait du plus profond de lui-même et il se sentit complètement abandonné.

Au bas de l'escalier, sa mère l'attendait.

— Elle est partie ? demanda-t-elle.

— Oui.

À sa grande surprise, sa mère prit un air contrit.

— Je suis désolée, murmura-t-elle. Ce n'est pas ce que je voulais.

— Je pense que c'est exactement ce que tu voulais, *madre*, rétorqua-t-il avec un ricanement désabusé.

— Non, Santos ! protesta-t-elle. Je n'avais pas… Je n'avais pas compris que tu l'aimais vraiment. Je pensais qu'il s'agissait d'une simple toquade.

Santos soupesa les paroles de sa mère. Il devait reconnaître qu'elle avait eu de bonnes raisons de penser qu'entre Mia et lui, ce n'était pas sérieux. Après tout, il connaissait à peine la jeune femme quand il l'avait épousée. Aurait-il juré qu'à ce moment-là, c'était de l'amour qu'il éprouvait pour elle ? Non que ce détail ait la moindre importance, puisque maintenant, il l'aimait.

Mais Mia l'aimait-elle ?

— Oui, je l'aime, affirma-t-il. Et je la retrouverai pour la ramener ici.

Ses doutes s'étaient envolés comme par enchantement et il ne songeait plus à laisser Mia partir sans chercher à la retenir. Il l'aimait, et il était persuadé qu'elle l'aimait aussi, même si elle ne le lui avait jamais dit.

Malheureusement, il ignorait où elle avait pu aller et il devait lutter contre le désespoir qui le gagnait. L'amour suffirait-il à surmonter les obstacles qui se dressaient sur leur chemin ?

Surtout s'il était seul à se battre pour que l'amour triomphe.

16

Le crépuscule était tombé quand Mia rentra à l'hacienda. Selon toute apparence, le personnel et la famille s'étaient retirés pour la nuit. Le silence inhabituel qui régnait dans la vaste demeure lui parut particulièrement sinistre. Son malaise s'accentua quand elle vit l'unique lueur qui provenait de la porte entrouverte d'un des grands salons de réception. Elle s'avança lentement, puis jeta un coup d'œil à l'intérieur.

Santos était affalé dans un fauteuil en cuir sombre près de la porte-fenêtre donnant sur la terrasse. Du bout de ses longs doigts, il tenait un verre vide. Les yeux fermés, il avait rejeté la tête contre le dossier du siège. Il avait l'air accablé. Le cœur de Mia se serra et une vague d'amour pour cet homme sublime l'envahit. Elle regrettait à présent d'être partie aussi longtemps. Mais elle avait eu besoin de ce temps pour s'éclaircir les idées et faire le point sur ses sentiments.

Il ne bougea pas quand elle entra dans la pièce.

— Santos ? murmura-t-elle.

Au bout d'un moment qui lui parut interminable, il ouvrit les yeux et le regard doré qu'il fixa sur elle avait la dureté d'un laser.

— Tu es de retour.

Il n'avait pas l'air content, ni même soulagé. Son apparente indifférence lui donna envie de disparaître dans un trou de souris. Pour se donner une contenance, elle ajusta la bretelle son sac à dos sur son épaule avant de répondre.

— Oui. Je suis désolée d'être partie aussi longtemps.

Santos jeta un coup d'œil à l'horloge sur la cheminée.

— Tu es partie six heures.

Plus longtemps qu'elle ne l'avait imaginé. Elle ne put que répéter :

— Je suis désolée. Vraiment, Santos.

Il se leva du fauteuil avec une grâce féline, puis il se dirigea vers un meuble-bar dans un coin de la pièce et il se versa deux doigts de whisky qu'il engloutit d'un trait.

— Tu es vraiment désolée ?

— Oui. J'avais besoin d'être seule pour réfléchir, après... Elle déglutit avant d'ajouter : Tu es en colère ?

Il reposa le verre et se tourna vers elle, les bras croisés. Son expression indéchiffrable ne lui dit rien qui vaille.

— Non. Je reconnais que j'étais en colère, au début. Tu avais surpris notre conversation et tu en avais tiré les mauvaises conclusions, comme c'était à prévoir.

— Es-tu sûr que c'étaient les mauvaises conclusions ? Ta mère t'a demandé de mettre fin à notre mariage, Santos, et toi tu n'as pas répondu, comme si tu y réfléchissais. Tu n'as pas dit non, en tout cas.

Elle n'avait pas eu l'intention de commencer par lui reprocher sa réaction face à la proposition de sa mère, mais ces secondes de silence lui avaient fait – lui faisaient encore – mal.

— J'étais sous le choc, Mia. Il m'a fallu un moment pour assimiler ce qu'elle suggérait. Et oui, je l'admets, j'y ai pensé pendant une seconde..., mais pas à ce moment-là. C'est quelques minutes plus tard, quand j'ai compris que tu étais partie... de nouveau.

La douleur qu'elle lut dans le regard de son mari la bouleversa. Instinctivement, elle s'avança vers lui.

— Santos, je n'étais pas...

— Ne me mens pas, la coupa-t-il sèchement.

Jamais il ne lui avait parlé sur ce ton tranchant, songea-t-elle, abasourdie. Elle s'était attendue à ce qu'il soit inquiet, voire fâché, mais pas à cette réaction glaciale.

— Après tout ce que nous avons vécu, poursuivit-il de cette même voix froide, après les résolutions que nous avons prises ensemble... Tu es partie en emportant seulement ton sac à dos. C'est comme ça que j'ai compris. Comment oses-tu nier que tu avais l'intention de partir pour de bon ?

Sa voix grave s'était brisée sur ces derniers mots. La colère avait cédé la place à la souffrance. Elle fit de son mieux pour maîtriser les larmes que la vue de cette détresse lui causait et pour lui répondre en toute honnêteté.

— J'y ai pensé, avoua-t-elle à mi-voix. Comme toi, l'idée m'a traversé l'esprit pendant une seconde. J'ai été profondément blessée par votre conversation. Mais j'ai compris dès que j'ai franchi la porte de la maison que ce n'était pas ce que je voulais. En fait, ce qui m'a vraiment effrayée, c'est ma propre réaction aux paroles de ta mère, pas la tienne. Pourquoi ai-je immédiatement songé à m'enfuir ?

Pour la première fois depuis qu'elle était entrée dans la pièce, elle perçut une lueur d'intérêt dans les yeux de son mari.

— Et... ? demanda-t-il.

— Et je devais prendre le temps de réfléchir.

— C'est entendu. Mais en quoi cela t'empêchait de m'envoyer un SMS pour me prévenir que tu allais revenir, une fois que tu aurais réfléchi ?

— Je suis désolée, murmura-t-elle. J'aurais dû penser que tu allais imaginer que j'étais vraiment partie.

— Moi aussi, je suis désolé, dit-il d'une voix soudain lasse.

Il retourna vers le fauteuil et s'y laissa tomber. Puis il prit sa tête entre les mains.

— Où tout cela va-t-il nous mener, Mia ? Parviendrons-nous un jour à nous débarrasser de nos vieilles habitudes ? Ces réflexes qui nous dictent nos actions ?

— Je ne sais pas, admit-elle. Mais je veux essayer. C'est la conclusion à laquelle je suis parvenue tandis que je me promenais dans l'orangeraie, Santos. J'ai contemplé ces arbres à perte de vue et j'ai senti à quel point cette terre faisait partie intégrante de toi. J'ai aussi compris que j'aimais cet attachement que tu as pour ton domaine. Et je veux faire partie de cet endroit. Je veux en faire partie avec toi.

Quand Santos leva lentement la tête, une expression étrange éclairait son visage.

— Tu ne l'avais jamais dit auparavant.

— Dit quoi ? demanda-t-elle, désarçonnée.

— Que tu m'aimes. Ou du moins, que tu aimes quelque chose chez moi.

Elle surmonta le pincement de culpabilité que ces paroles provoquèrent pour prononcer enfin les mots qu'elle n'avait jamais été capable de prononcer.

— Je sais. Mais je t'aime, Santos. J'ignore si je suis tombée amoureuse de toi au Portugal, ou si c'est arrivé avec le temps, mais je t'aime. Et je veux passer le reste de ma vie avec toi.

Le faible sourire qu'il lui adressa lui réchauffa le cœur.

— Je pensais justement la même chose tout à l'heure. J'ignore quand je suis tombé amoureux de toi, mais je me suis rendu compte que cela n'a pas vraiment d'importance. L'important, c'est que je t'aime maintenant.

— Et moi aussi, je t'aime maintenant.

Plus elle le répétait, plus les mots sortaient facilement. Et elle n'allait pas s'en priver, car elle voulait qu'il le sache et qu'il n'ait aucun doute sur ce point.

Il la contempla pendant une seconde, puis son visage se

décomposa et il se mit à trembler, visiblement en proie à une vive émotion.

— J'ai cru que tu étais partie, murmura-t-il, soudain livide. C'était atroce et je ne veux plus jamais revivre ça.

— Oh ! Santos !

Elle se précipita vers lui et s'agenouilla devant le fauteuil. Puis elle noua les bras autour de ses épaules et l'attira vers elle. Ils s'étreignirent de toutes leurs forces.

— Je ne suis pas partie, Santos, le rassura-t-elle. Je ne t'ai pas quitté. Je t'aime. C'est cela que j'ai compris aujourd'hui : je ne veux pas partir, jamais. Et même si l'envie m'en reprenait, je ne le ferai pas, car j'ai pris un engagement, tout comme toi. Et nous l'honorerons.

— Tu me feras confiance ? demanda-t-il, la voix vibrante d'émotion.

— Oui, même si je sais que notre vie risque d'être compliquée. Ta mère ne m'acceptera jamais.

— Détrompe-toi...

Il poursuivit, malgré les protestations de Mia :

— Je t'en prie, crois-moi. C'est vrai que notre mariage l'a contrariée. Je m'en veux de n'avoir pas réalisé à quel point. Mais tout à l'heure, après ton départ, elle m'a avoué qu'elle n'avait pas compris que nous nous aimions réellement. Elle changera de comportement, Mia, je te le promets. Elle a déjà commencé et, même si elle ne s'y fait pas, cela ne nous empêchera pas de rester ensemble. Si ma mère ne peut pas l'accepter, je lui ai dit qu'elle pouvait aller vivre ailleurs.

— Santos, tu n'as pas...

— Si. Et je le pense. Je veux que tu sois heureuse ici, et je veux aussi que tu te sentes en sécurité et acceptée par tout le monde. Ce n'est pas négociable.

— Merci, murmura-t-elle, profondément émue.

— Je t'aime, répéta-t-il.

— Moi aussi, je t'aime.

Ils scellèrent leur serment d'un baiser. Un avenir radieux s'ouvrait devant eux, et la part d'inconnu qu'il leur réservait ne lui faisait plus peur, car elle était convaincue qu'ils trouveraient toujours une solution pour aller de l'avant... ensemble.

Épilogue

Deux ans plus tard

Mia parcourut la cour du regard et constata avec satisfaction que tout était en place pour la garden-party qu'elle avait organisée pour les employés de l'hacienda et leurs enfants, et dont elle comptait faire un événement annuel.

Au cours des deux années qui avaient suivi leur retour à Séville, soutenue par Santos, elle avait travaillé dur pour trouver sa place. Elle avait pris garde de ne piétiner aucune plate-bande, particulièrement celles de sa belle-mère. Mais celle-ci lui avait facilité la tâche en prenant des vacances prolongées, ce qui avait permis à Mia et à Santos d'imprimer leur propre marque à la demeure familiale.

Elle avait rapidement découvert que les activités du domaine étaient peu présentes sur les réseaux sociaux et elle avait entrepris de combler ce vide. Elle avait finalement fait la connaissance de Marina, sa belle-sœur, et elles s'étaient immédiatement bien entendues. La sœur de Santos s'était enthousiasmée pour ses projets et l'avait encouragée.

Quand Evalina était revenue après plusieurs mois d'absence, elles avaient d'un commun accord décidé de tirer un trait sur le passé et désormais, elles se respectaient. Elles avaient même fini par s'apprécier.

Mia fourmillait d'idées pour rendre la vie de tous plus agréable et pour souder la grande famille que le personnel du groupe Aguila représentait aux yeux de Santos. Elle parlait à présent couramment espagnol et elle ne manquait pas une occasion d'organiser des événements qui lui permettaient de mieux connaître toutes les personnes qui contribuaient à la réussite des affaires de son mari. La garden-party qui devait commencer dans une vingtaine de minutes était sa dernière initiative en date ; elle était destinée aux nombreux enfants qui vivaient sur le domaine.

— Tout va comme tu veux ? demanda Santos qui venait de la rejoindre dans la cour.

Elle tourna la tête et, comme chaque fois qu'elle posait les yeux sur son mari, les battements de son cœur s'accélérèrent. Vêtu d'une chemise bleue dont les premiers boutons étaient défaits et d'un pantalon en lin, il était sublime. Il vint se placer derrière elle et il l'enlaça.

— Oui, je suis assez satisfaite du résultat. Je suis impatiente de voir la tête des enfants quand ils verront les attractions qui ont été installées spécialement pour eux.

Elle s'adossa contre lui, savourant le contact de son grand corps viril contre le sien. Quand elle sentit les mains masculines s'attarder sur ses hanches, un petit frisson euphorique la parcourut et elle estima que le moment était venu de partager avec lui la nouvelle qu'elle avait apprise le matin même.

— Tu savais que Rosaria, de la comptabilité, a eu un bébé il y a six semaines à peine ? Je vais pouvoir m'entraîner à faire des câlins.

Au cas où il n'aurait pas compris l'allusion, elle prit les mains de son mari et les posa sur son ventre encore plat. Elle le sentit se figer, puis il la fit pivoter pour qu'elle lui fasse face. Son air légèrement hébété la fit sourire.

— Tu veux dire que… ?

— Je suis enceinte, Santos.

Et cette fois-ci, elle se sentait prête, même plus que prête. Elle avait arrêté la pilule trois mois auparavant, après qu'ils eurent tous deux décidé qu'il était temps d'essayer à nouveau.

— *Mi querida*…, murmura-t-il en parsemant son visage de baisers légers. Comment te sens-tu ?

Elle balaya l'inquiétude qu'elle perçut sous sa question d'un rire joyeux.

— Je me sens bien ! Mais il est encore tôt et rien n'est certain.

Pendant une seconde, le douloureux souvenir du bébé qu'ils avaient perdu flotta entre eux.

— Mais je suis heureuse et pleine d'espoir.

— Moi aussi, murmura-t-il avant de l'embrasser passionnément.

Les défis à relever avaient été nombreux au cours des deux années écoulées. Ils avaient appris à briser le carcan où les avaient enfermés leurs éducations respectives. À se faire confiance pour les petites choses comme pour les grandes. Leur amour n'avait cessé de grandir jour après jour et Mia avait appris à savourer chaque instant merveilleux que la vie lui offrait. Comme ce baiser auquel elle s'abandonnait sans retenue.

Elle était reconnaissante à Santos de s'être battue pour elle, pour l'imposer à tous et pour la garder, ce que personne n'avait jamais fait avant lui. Elle se résigna à contrecœur à interrompre leur baiser quand elle entendit le cri d'un enfant.

— Je pense que nos invités arrivent.

Santos lui rendit son sourire et, main dans la main, ils s'avancèrent au-devant de leurs invités – et de leur avenir – ensemble.

POSTFACE

De l'utopie à la quête de vérité

1917-1993, trois quarts de siècle séparent la révolution russe de la disparition du système auquel elle donna naissance. Le système soviétique – institutions et idéologie – aboli, l'heure est venue de poser sur les soixante-quinze années écoulées les questions de fond que la pénurie ou la manipulation des sources interdisaient jusqu'à présent de discuter en termes historiques. La chute du système communiste a eu pour conséquence immédiate l'ouverture d'archives, jusqu'alors fermées ou réservées aux historiens soviétiques dont le pouvoir tenait la fidélité aux explications officielles pour principal critère de leur qualité scientifique. La volonté de savoir ce qui s'est réellement passé dans les frontières de l'ex-URSS depuis octobre 1917 n'est pas totalement nouvelle. Depuis près de quarante ans, Staline ayant disparu, travaux historiques voués à la clandestinité, mémoires inédits, et parfois directives officielles – ce fut le cas entre 1956 et 1961 – ont ouvert la voie à une réflexion sur la véracité de l'explication historique offerte par le Parti. Depuis la fin des années quatre-vingt, la publication de documents, isolés ou fragmentaires, par la presse russe est venue nourrir le débat sur la réévaluation de l'histoire que l'ouverture des archives permet désormais de tenir pour une composante décisive de la réflexion sur l'identité de la Russie. En 1991, l'Université des sciences humaines de Russie fondée par l'historien Iouri Afanassiev, qui y attira d'emblée les universitaires les plus prestigieux et les plus respectés en raison de leur liberté de pensée, publiait la première histoire « postcommuniste » de la Russie, *Notre patrie* (Moscou, 1991, 2 vol.), qui consacrait la volonté de faire la lumière sur les grandes questions agitant la Russie. Tout d'abord, la révolution d'Octobre : révolution des masses que le Parti bolchevik, sensible à leurs exigences, s'est contenté d'encadrer ? ou bien coup d'État minutieusement préparé ? Cette question se greffe sur une autre plus décisive encore, celle de l'inéluctabilité du mouvement révolutionnaire. La Russie du début du xxe siècle était-elle grosse de la révolution parce que – version qui prévalut durant trois quarts de siècle – l'agitation sociale, en milieu urbain avant tout, mais aussi à la campagne, avait atteint des proportions jusqu'alors inconnues, ébranlant l'État, toutes les institutions, et conduisant en toute hypothèse, guerre ou non, à la révolte sociale généralisée ? Les documents publiés au cours des dernières années attestent, contre les statistiques douteuses de l'époque soviétique, que la campagne russe était après 1908 et jusqu'en 1914 plus paisible qu'elle ne fut jamais, et qu'elle assurait au pays une stabilité réelle. L'agitation de la classe ouvrière – un ouvrier pour trente paysans –, qui se traduit à partir de 1910 par des vagues successives de grèves, n'est pas spécifique à cette époque de la Russie ; elle rejoint largement l'inquiétude sociale que l'on trouve dans tous les milieux ouvriers européens dans les années précédant la Première Guerre mondiale. Sans doute, la situation de la Russie n'était-elle pas exempte d'éléments de crise. Mais les éléments politiques que la guerre mettra tout particulièrement en lumière – la faiblesse de l'empereur, ses hésitations constantes sur les grandes orientations et sur le choix des hommes, le retard apporté à moderniser les institutions, la rigidité de la classe dirigeante et la faiblesse des milieux intermédiaires (ce qu'un historien appellera la *bourgeoisie absente*) –, tous ces éléments se conjugueront aux difficultés sociales, sur la toile de fond d'une guerre qui amplifiait tous les déséquilibres de la Russie. La Russie doit-elle à la guerre d'avoir basculé dans la révolution ? Ou bien se dirigeait-elle de toute manière dans une telle voie ? Le débat reste ouvert. Mais l'accent mis exclusivement sur une description de la société qui aurait entraîné une situation révolutionnaire a été déjà fortement nuancé. Il est clair que les traits caractéristiques de l'Empire russe de 1914 – stabilisation du monde rural, faiblesse numérique de la classe ouvrière, diversité ethnique et culturelle, et remarquable progrès intellectuel après 1905 (80 % des jeunes gens se présentant au conseil de révision de 1913 savaient lire et écrire) –, dès lors qu'ils sont bien perçus, modifient profondément la vision traditionnelle d'une société russe courant à la révolution.

Révolution populaire ? ou putsch ? Ici, les documents ont apporté au débat une réponse dénuée d'équivoque. Si, longtemps, il fut interdit d'évoquer le rôle financier de l'Allemagne auprès de Lénine, les textes l'ont désormais solidement établi. De même que le défaitisme de Lénine, interprété jusqu'à la fin des années quatre-vingt en termes de foi internationaliste et révolutionnaire, mais qui est désormais relié à la décision des autorités des empires centraux de faciliter l'action de Lénine et son retour en Russie. Le « tabou » de l'argent allemand a cessé d'exister et vient renforcer l'analyse du caractère putschiste de la prise de pouvoir par les bolcheviks. S'il est admis désormais que le gouvernement provisoire fut avant tout victime de son indécision, de conflits personnels (Kerenski-Kornilov) et du refus acharné de sortir de la guerre – refus qui avait accéléré la dislocation de l'empire –, il ressort des analyses que les acteurs politiques ont joué dans cette période décisive un rôle nettement plus important que l'agitation sociale. La réaction de la société à cette transition si difficile de la monarchie à un système encore imprécis est mesurable, puisque exprimée dans la première élection générale démocratique de l'histoire russe, celle de novembre 1917 d'où devait sortir l'Assemblée constituante. Cette élection, marquée par une participation remarquable, produisit des résultats dénués d'ambiguïté. La société dit sa fidélité à ceux qui l'ont guidée depuis février, socialistes-révolutionnaires et mencheviks, et donne moins du quart des voix à ceux qui l'appellent à une révolution radicale, les bolcheviks. C'est ici que se situe la révision historique la plus déchirante, celle qui reconnaît le caractère putschiste de la révolution d'Octobre. Les textes désormais publics de Lénine et de ses proches, et maints autres documents, attestent la volonté de Lénine d'aller vite à la prise de pouvoir en raison avant tout de la proximité des élections pour la Constituante que les bolcheviks appréhendaient. Le caractère parfaitement organisé, secret, du coup d'État et enfin la très faible participation populaire aux événements ressortent aussi de tous les textes récemment publiés.

Révolution qui fut en réalité un coup d'État organisé par un groupe de conspirateurs professionnels, sans initiative populaire ou soutien social réel, cette conception est désormais largement admise en Russie. Elle ouvre un autre débat, celui qui lie le coup d'État au caractère totalitaire du régime qui fut ensuite instauré en Russie. La dictature du Parti unique était-elle inscrite dans le coup d'État ? Fut-elle le produit de l'action de Lénine ? Ou bien y eut-il ensuite perversion du système ? En d'autres termes, existe-t-il une frontière entre l'œuvre de Lénine et le stalinisme ? Ou bien faut-il accepter que tout était joué dans le choix d'Octobre ? Que Lénine ait rejeté Blanqui comme ancêtre des révolutions prémodernes ne permet pas d'oublier que la conception révolutionnaire de Blanqui, coup d'État organisé par une petite minorité de professionnels, a pour conséquence, comme le notait Engels, « la nécessité de la dictature, et non d'une dictature de toute la classe révolutionnaire, du prolétariat, mais d'un petit nombre d'hommes, les auteurs du coup de force ». Tout ce que l'histoire, telle qu'elle fut écrite en URSS pendant trois quarts de siècle, et souvent hors d'URSS, passa sous silence est désormais rendu à l'étude et nourri de textes. La société apprend ainsi la dissolution immédiate de la Constituante en janvier 1918, parce que Lénine refusait d'accepter un vote populaire rejetant les bolcheviks. La confrontation des bolcheviks qui s'étaient emparés du pouvoir et d'une assemblée où ils étaient minoritaires par l'expression de la volonté populaire (deux réalités s'inscrivant dans le même temps) était, en effet, étonnante. L'explication de Lénine à la dissolution de la Constituante – la conscience sociale est en retard sur la réalité – fait bien de la conscience sociale un élément secondaire destiné à être dirigé, façonné par les détenteurs du pouvoir politique. C'est d'ailleurs la thèse centrale de *Que faire ?* écrit au début du siècle ; elle fonde l'action de Lénine au lendemain de la révolution. Elle va de pair avec le refus, au même moment, de constituer, comme le souhaite une minorité du Parti bolchevik, un gouvernement de coalition. Dès lors que Lénine refuse de prendre en compte la volonté sociale et tient que le Parti et lui-même sont seuls garants de la « nécessité historique » et de la voie à suivre, les conséquences inéluctables d'une telle conception s'imposent à ceux qui détiennent le pouvoir : ils doivent se doter des moyens de dominer totalement la société, et d'abord en refusant tout partage du pouvoir.

Le grand débat de l'époque poststalinienne sur les origines

de la terreur et sur la nature du système soviétique trouve ici sa réponse. Khrouchtchev, qui dénonça le « culte de la personnalité » en 1956, les intellectuels qui en firent l'essentiel de leur réflexion tant en URSS qu'à l'extérieur ont durablement voulu croire qu'une frontière séparait Staline de Lénine, que l'œuvre de Lénine avait été dévoyée par son successeur, et que l'on pouvait, par le retour à Lénine, sauver la révolution d'Octobre. Trente ans après le XXe Congrès, plus de dix ans après la publication de *L'Archipel du Goulag*, Mikhaïl Gorbatchev, le dernier des héritiers de Lénine, reprit à son compte cette explication de la tragédie soviétique, et se voulut l'homme de la réconciliation avec un léninisme supposé capable d'engager le pays vers un socialisme à visage humain. Pourtant, le même Gorbatchev – ce fut son honneur et son drame personnel – dut présider à une véritable libéralisation du discours et de la mémoire, et donc laisser publier des textes qui sont autant de réponses à la question de fond : à quel moment et pourquoi la révolution de 1917 a-t-elle enfanté la terreur, un système totalitaire qui a brisé durablement tout un pays ? La réponse est claire, il suffit de lire ces textes de Lénine que ses héritiers s'étaient tant appliqués à dissimuler. Dès le moment où il s'est emparé du pouvoir, Lénine dessine d'un trait ferme les contours du système qu'il fonde, et de ses rapports avec la société. Au système, l'autorité absolue sur la société et le savoir infaillible de ses intérêts. A la société, le devoir d'accepter et de se plier à ce grand dessein historique. Les moyens, Lénine les décrira abondamment, sans fard aucun, tels que Soljenitsyne, dans son œuvre majeure, *L'Archipel du Goulag*, les découvre et les décrit de manière encore fragmentaire. Éliminer tous ceux qui témoignent par leur simple existence qu'une alternative au choix bolchevik pourrait exister. Éliminer des hommes pour la simple raison que cela permet d'en effrayer d'autres et de créer un climat propice à la docilité générale du corps social. Les termes « fusiller », « arrêter », « isoler », reviennent sans cesse sous la plume du fondateur de l'URSS, à l'heure du triomphe, pendant la guerre civile, et ensuite. Leur répétition incessante atteste bien qu'il ne s'agit pas là de mesures d'urgence, mais d'un système de pouvoir destiné à tenir en lisière une société tout entière. Et les institutions – Tcheka, camps de détention où l'homme est d'emblée privé de tout droit élémentaire – se mettent en place, à peine la révolution de Lénine a-t-elle gagné. Le silence imposé aux partis politiques, aux journaux, à toute opposition, c'est là l'œuvre de Lénine, son système de gouvernement. Certes, Staline fera preuve, comme l'en a accusé Khrouchtchev, d'une inégalable cruauté à l'égard de ses compagnons de Parti, qu'il humiliera et massacrera sans retenue. C'est d'ailleurs là l'essentiel des craintes que lui opposera Lénine dans les derniers mois de son existence : Staline, écrira-t-il, est d'une brutalité et d'un autoritarisme inacceptables dans ses rapports avec les communistes. Mais où trouve-t-on un témoignage de son regret des violences exercées à l'encontre de la société ? voire des socialistes non bolcheviks ? Ce que Lénine déplore, à l'heure où le destin le contraint à jeter un dernier regard sur son œuvre et sur la voie qu'empruntent tous ceux qui vont lui succéder, ce sont d'abord les conséquences politiques d'une tactique erronée, ou insuffisamment réfléchie en matière nationale. Il ne se penche nullement sur le sort des hommes lorsqu'il déplore les erreurs commises en Géorgie ou ailleurs. Il dit seulement sa crainte que de telles erreurs ne pèsent sur les relations politiques entre Russes et Géorgiens et, en dernier ressort, sur l'autorité dont jouit le Parti. De même dénonce-t-il dans ses textes ultimes la faiblesse morale de ceux qui exercent des responsabilités. Mais toute sa réflexion concerne le Parti, ses intérêts, son autorité morale. Il n'est guère de moment où la société, les hommes qui la constituent, leurs volontés et leurs souffrances soient pris en considération, ou simplement évoqués. Pour Lénine, seuls comptent le pouvoir et le dessein qui est le sien, dont le pouvoir est l'unique comptable.

Staline a-t-il réellement engagé l'URSS et son système dans une voie étrangère à l'héritage de Lénine ? Sur les éléments centraux du système – l'infaillibilité du Parti qui devint celle de Staline ; le monopole du pouvoir et le monolithisme idéologique et politique de l'appareil dirigeant ; la soumission de toutes les instances de représentation sociales (tels les syndicats) au Parti ; le recours systématique à la terreur et le développement des institutions terroristes ; le refus de toute opposition et de toute liberté d'expression, conséquences d'un pouvoir monopoliste ; enfin, un projet *total* couvrant toutes les sphères de l'activité sociale et individuelle –, tout cela était décidé et engagé avant 1922. Sans doute, le tempérament propre de Staline, sa brutalité qui effraya Lénine, se sont-ils donnés libre cours aussi bien dans les règlements de comptes avec tous ses rivaux, ou encore dans des solutions aussi radicales que la famine organisée en Ukraine au début des années trente pour briser définitivement la paysannerie ukrainienne. Près de 3 millions de morts pour démontrer à la société paysanne qu'il n'existait pas d'alternative à la soumission, c'est là un prix que Lénine n'aurait probablement pas imaginé. Mais la logique du système – la collectivisation forcée, immédiate, étant une nécessité dès lors que le Parti et lui seul en a décidé – remonte, sans doute aucun, à Lénine. Que Staline ait personnalisé son pouvoir à l'extrême, qu'il ait substitué à l'autorité du Parti son autorité propre, qu'il ait gaspillé sans retenue le potentiel humain de son pays, cela relève sans doute de sa nature. Et interdit de considérer qu'en histoire seules comptent les tendances profondes, et que l'on peut oublier la part de la personnalité de l'individu dans le cours des événements. La brutalité de Staline est une donnée de l'histoire soviétique qui ne saurait être passée sous silence. Mais le système lui-même, le projet que le pouvoir soviétique a porté et imposé pendant trois quarts de siècle ont été mis en place alors que Staline n'avait pas encore d'autorité réelle dans l'État soviétique en formation.

Le stalinisme – c'est-à-dire la perversion du système soviétique, attribuée à Staline à partir du XXe Congrès –, ceux qui observaient l'URSS ont tenté d'en dresser le bilan. Si la violence, les effets de la terreur ont été progressivement condamnés – et était-il possible d'éviter de condamner dès lors que Khrouchtchev avait en 1956 ouvert la voie ? –, un bilan relativement « positif » a cependant prévalu encore près de deux décennies. Certes, les grandes victoires dont se glorifiait Staline après la Seconde Guerre mondiale – l'expansion de la révolution enfin commencée, après une si longue période d'attente et d'échecs – ont-elles été très vite mises en cause. Pouvait-on encore croire, après que les chars soviétiques eurent rétabli l'ordre communiste à Budapest en 1956, que les révolutions de 1945 étaient de vraies manifestations de volonté populaire ? Si, jusqu'au démantèlement du mur de Berlin en novembre 1989, la fiction d'une Europe socialiste née des révolutions d'après-guerre a officiellement subsisté, nul ne pouvait ignorer que, dans l'aire de « l'internationalisme et de l'amitié des peuples », l'ordre de 1945 avait été établi, puis maintenu, par la force. Sans doute, le monde avait-il pris l'habitude de croire que cet ordre imposé à une part du continent européen était irréversible, immuable. Mais cette conviction se référait avant tout à l'équilibre international, à la puissance militaire de l'URSS et à une certaine accoutumance des peuples soumis à ce système. On se plaisait à penser qu'un homme nouveau, l'*Homo sovieticus*, était né, en deux générations dans l'Est de l'Europe, en trois en URSS ; que, bénéficiant d'une certaine sécurité de vie, éduqué dans un conformisme idéologique absolu, il participait au système sans mettre en doute vraiment son inéluctabilité. On comptabilisait volontiers les « acquis » de la révolution, surtout en URSS où l'on considérait volontiers que 1917 avait été la rançon de la « barbarie » antérieure, d'un retard économique et intellectuel que rien, sinon cette rupture brutale, n'aurait pu mettre en cause. Au retard, supposé irrémédiable, du passé prérévolutionnaire, le pouvoir soviétique avait si fermement opposé le tableau saisissant de ses réussites – la paix des nations, le décollage de l'économie, la révolution scientifique et technique, une société harmonieuse, pacifiée, tout imprégnée des valeurs morales du système communiste – que la mise en cause de l'œuvre accomplie depuis 1917 était malaisée. Si, jusqu'en 1956, il était largement acquis que rien n'était contestable du système soviétique, après la déstalinisation et surtout dans les vingt dernières années, l'idée s'imposa peu à peu que, sans doute, le prix payé à la révolution, en vies humaines avant tout, avait été fort lourd ; mais le corollaire de ce constat était que l'immensité de la tâche que Lénine et ses successeurs avaient affrontée et accomplie justifiait de tels sacrifices. De là à conclure que, de toute manière, la transformation morale des sociétés communistes – l'*Homo sovieticus* existant – enlevait toute portée au débat sur le prix de la révolution, il n'y avait qu'un pas.

Quand, au milieu des années quatre-vingt, le système communiste étala soudain ses faiblesses, pour ensuite, en peu de temps, s'effondrer et disparaître, une question centrale s'imposa. Comment un tel système, si puissant – la capacité stratégique de l'URSS, presque intacte, en témoignait –, si parfaitement organisé en apparence, détenant encore tous les leviers de la coercition, avait-il pu s'effacer sans coup férir ? Les révolutions de 1989 à 1991 qui ont mis fin à l'œuvre de Lénine et de ses successeurs sont en effet caractérisées en général par leur côté pacifique et quasi spontané. Elles sont aussi caractérisées par le fait qu'aucune pression extérieure, aucune catastrophe majeure n'ont imposé aux partis et pouvoirs en place de disparaître. Attribuer cette destruction possible d'appareils encore totalitaires à la volonté des peuples, ou encore à l'entreprise rénovatrice d'un homme, Mikhaïl Gorbatchev, est également erroné. Sans doute, des mouvements de foule, à Berlin, à Prague, dans les villes russes à l'heure du putsch, ont-ils marqué que l'humeur sociale était favorable à la liquidation du communisme. Mais il est vrai que ces groupes de protestataires n'ont nulle part trouvé en face d'eux de forces répressives décidées à rétablir l'ordre. Les chars déployés dans Moscou en août 1991 n'ont pas effrayé les manifestants, parce que ceux qui en avaient la charge ont montré qu'ils étaient bien près de se ranger du côté de la foule.

Sans doute, Mikhaïl Gorbatchev a-t-il, à partir de 1986, de la catastrophe de Tchernobyl probablement, abandonné le projet d'« amender le système soviétique en accélérant ses progrès » (*Uskorenie*, accélération, fut le mot d'ordre de la politique gorbatchévienne en 1985-1986) au bénéfice d'une vision plus sage de l'état de son pays qu'il fallait, comprit-il, reconstruire parce qu'il était en crise ; même s'il ignorait encore la profondeur de cette crise. Les mots d'ordre de l'étape qui commence alors – *perestroika* (reconstruction) et *glasnost* (ce qu'il faut dire de l'état du pays et de ses échecs) – pouvaient-ils suffire à sauver le système soviétique en le modernisant, en l'amendant, et en l'humanisant comme Gorbatchev tenta sans aucun doute de le faire ? Si, en peu d'années – un petit quinquennat –, ce projet respectable conduisit non à une rénovation du pays mais à son démantèlement politique, idéologique et territorial, c'est bien parce que le dessein gorbatchévien partait de prémisses fausses. L'URSS dont il avait hérité en 1985 n'existait déjà plus lorsqu'il arriva au pouvoir. Sans doute l'État, ses instruments d'autorité et de coercition, sa puissance, son territoire étaient encore là. Mais la société avait déserté l'URSS, parce qu'elle avait de longue date pris conscience que c'était, selon la belle formule d'Anton Ciliga, le pays du *Grand Mensonge*. Tout un chacun savait que tout de l'URSS n'était que village de Potemkine. La société n'ignorait rien de la corruption de ceux qui la dirigeaient, de la fausseté des statistiques, de la montée des sentiments nationaux derrière la façade irréprochable de l'internationalisme soviétique. L'image entretenue pendant soixante-dix ans d'un Parti et d'un peuple unis dans une même ambition, créer un monde neuf où l'homme serait enfin « libéré des contraintes de la nécessité » (Marx) et épanoui par là même, cette image s'était peu à peu fissurée pour laisser place au monde réel ; ceci permit à toute la société soviétique, et aux sociétés soumises à l'URSS, de constater qu'elles avaient vécu dans le mensonge, mais que, le rêve passé, il ne restait qu'un roi nu. C'est dans les esprits que le système communiste est mort d'abord. Et l'observation des sociétés communistes conduit à constater que cette mort remonte à une période déjà lointaine. Le grand ébranlement créé par la mort de Staline, le XXe Congrès de 1956 et le rapport Khrouchtchev, n'aura jamais cessé de produire ses effets.

Dans les décombres des sociétés communistes, les hommes s'attaquent désormais au bilan de l'utopie qui leur fut imposée. Si, partout, le prix payé à l'utopie fut effroyablement lourd en vies humaines, en espoirs déçus, en consciences dévoyées, en retard du progrès matériel, certaines conséquences particulièrement criantes du règne de l'utopie doivent être soulignées. En premier lieu, la résurgence ou le surgissement de haines intercommunautaires que la violence communiste tint longtemps sous le boisseau, mais que, dans nombre de cas, elle attisa, voire provoqua. Le mythe de l'internationalisme et de l'amitié des peuples laisse place en disparaissant à quantité de conflits entre peuples ou groupes restreints qui mettent d'autant plus de zèle et de cruauté à régler leurs différends que les hommes du communisme, victimes des décennies durant de la violence et du cynisme, contraints de les subir en silence, ont nourri des rancœurs et des rêves de revanche qui sont d'autant plus redoutables qu'ils ont été contenus. L'*Homo sovieticus* n'existe plus certes, mais c'est bien dans l'éducation qui lui fut donnée que s'enracinent les débordements du présent. Le mythe de l'*Homo sovieticus*, de l'œuvre de transformation humaine accomplie par le communisme, a volé en éclats aussi subitement et complètement que le mythe de l'amitié des peuples. L'homme des sociétés postcommunistes ressort de son long calvaire, comme il y était entré, semblable aux autres hommes, mais peut être plus tragique car il lui faut accepter d'avoir souffert en vain, d'avoir participé, fût-ce passivement, à une entreprise qui ne se solde que par des échecs ; il lui faut surtout prendre la dimension du prix humain du communisme, compter et reconnaître ses morts dont le souvenir fut longtemps prohibé. La mémoire recouvrée est certes nécessaire aux peuples pour retrouver une identité et une raison de vivre. Mais elle est source de douleur et ne contribue pas, pour un temps, à aider le retour à la vie réelle. Le désarroi, la démoralisation sont partout présents dans les consciences des sociétés postcommunistes ; ce sont les conséquences d'une difficile réconciliation des hommes avec eux-mêmes.

De tous les peuples qui furent soumis à l'utopie, les plus meurtris sont ceux qui formèrent l'URSS. Les soixante-quinze années de vie du système – trois générations jalonnent ce temps – se soldent pour eux par la ruine matérielle (alors que la qualité intellectuelle des hommes et l'ampleur des ressources naturelles caractérisaient l'ex-URSS), l'effondrement de toutes leurs certitudes, des problèmes territoriaux et humains sans précédent. Et partout surgit la question lancinante : et si la révolution n'avait pas eu lieu en 1917, serions-nous tombés si bas ? Ou bien serions-nous proches des peuples voisins d'Europe occidentale qui, en dépit des guerres et des crises, se situent pour nous dans cette sphère de tranquillité et de relative prospérité qui furent jadis pour nous des synonymes de *l'avenir radieux* ?

Juillet 1993

Index

Table

PREMIÈRE PARTIE

Naissance de l'URSS

DEUXIÈME PARTIE

L'URSS après Lénine (1923-1930)

TROISIÈME PARTIE

Le système stalinien

QUATRIÈME PARTIE

Naissance des démocraties populaires

RÉALISATION : ATELIER PAO ÉDITIONS DU SEUIL
IMPRESSION : IMPRIMERIE BRODARD ET TAUPIN À LA FLÈCHE
DÉPÔT LÉGAL : OCTOBRE 1993. N° 14049 (1265I-5)

Collection Points

SÉRIE HISTOIRE

DERNIERS TITRES PARUS

H147. Les Fascismes, *par Pierre Milza*
H148. Histoire sociale de la France au XIXe siècle
par Christophe Charle
H149. L'Allemagne de Hitler, *par la revue « L'Histoire »*
H150. Les Révolutions d'Amérique latine
par Pierre Vayssière
H151. Le Capitalisme « sauvage » aux États-Unis (1860-1900)
par Marianne Debouzy
H152. Concordances des temps
par Jean-Noël Jeanneney
H153. Diplomatie et Outil militaire
par Jean Doise et Maurice Vaïsse
H154. Histoire des démocraties populaires
1. L'ère de Staline, *par François Fejtö*
H155. Histoire des démocraties populaires
2. Après Staline, *par François Fejtö*
H156. La Vie fragile, *par Arlette Farge*
H157. Histoire de l'Europe, *sous la direction de Jean Carpentier et François Lebrun*
H158. L'État SS, *par Eugen Kogon*
H159. L'Aventure de l'Encyclopédie, *par Robert Darnton*
H160. Histoire générale du XXe siècle
4. Crises et mutations de 1973 à nos jours
par Bernard Droz et Anthony Rowley
H161. Le Creuset français, *par Gérard Noiriel*
H162. Le Socialisme en France et en Europe, XIXe-XXe siècle
par Michel Winock
H163. 14-18 : Mourir pour la patrie, *par la revue « L'Histoire »*
H164. La Guerre de Cent Ans vue par ceux qui l'ont vécue
par Michel Mollat du Jourdin
H165. L'École, l'Église et la République
par Mona Ozouf
H166. Histoire de la France rurale
1. La formation des campagnes françaises
(des origines à 1340)
sous la direction de Georges Duby et Armand Wallon
H167. Histoire de la France rurale
2. L'âge classique des paysans (de 1340 à 1789)
sous la direction de Georges Duby et Armand Wallon

H168. Histoire de la France rurale
3. Apogée et crise de la civilisation paysanne (de 1789 à 1914)
sous la direction de Georges Duby et Armand Wallon
H169. Histoire de la France rurale
4. La fin de la France paysanne (depuis 1914)
sous la direction de Georges Duby et Armand Wallon
H170. Initiation à l'Orient ancien, *par la revue « L'Histoire »*
H171. La Vie élégante, *par Anne Martin-Fugier*
H172. L'État en France de 1789 à nos jours
par Pierre Rosanvallon
H173. Requiem pour un empire défunt, *par François Fejtö*
H174. Les animaux ont une histoire, *par Robert Delort*
H175. Histoire des peuples arabes, *par Albert Hourani*
H176. Paris, histoire d'une ville, *par Bernard Marchand*
H177. Le Japon au XXe siècle, *par Jacques Gravereau*
H178. L'Algérie des Français, *par la revue « L'Histoire »*
H179. L'URSS de la Révolution à la mort de Staline, 1917-1953
par Hélène Carrère d'Encausse

H201. Les Origines franques (Ve-IXe siècle)
par Stéphane Lebecq
H202. L'Héritage des Charles (de la mort de Charlemagne aux environs de l'an mil), *par Laurent Theis*
H203. L'Ordre seigneurial (XIe-XIIe siècle)
par Dominique Barthélemy
H204. Temps d'équilibres, Temps de ruptures
par Monique Bourin-Derruau
H205. Temps de crises, Temps d'espoirs
par Alain Demurger
H206. La France et l'Occident médiéval de Charlemagne à Charles VIII
par Robert Delort
H207. Royauté, Renaissance et Réforme (1483-1559)
par Janine Garrisson
H208. Guerre civile et Compromis (1559-1598)
par Janine Garrisson
H209. La Naissance dramatique de l'absolutisme (1598-1661)
par Yves-Marie Bercé
H210. La Puissance et la Guerre (1661-1715)
par André Zysberg (à paraître)
H211. L'État et les Lumières (1715-1783)
par André Zysberg (à paraître)